Grenoble,

CHEZ TOUS LES LIBRAIRES

Prix : 75 cent.

DE

GRENOBLE

A

LA TRONCHE

par

AD. LEPAILLEUR

Typ. Lith. Maisonville & fils, Grenoble

DE
GRENOBLE A LA TRONCHE

Voyage d'agrément en 4 montées et 8 relais

PAR

ADOLPHE LEPAILLEUR

Représenté pour la première fois, sur le théâtre de Grenoble,
le 27 janvier 1872.

AIRS NOUVEAUX DE MM. E. CHANAT & RENARD
MUSIQUE ORCHESTRÉE PAR MM. AD. BUISSON, ALEXANDRE ET DELATTRE

DIRECTION DE M. STAINVILLE.

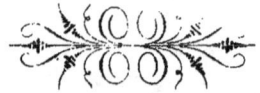

GRENOBLE
IMPRIMERIE ET LITHOGRAPHIE DE MAISONVILLE ET FILS
Rue du Quai, 8.

1872

DISTRIBUTION DE LA PIÈCE

Mélusine, Jardin des plantes, Le Gant, Vin de Claix,	Mmes DESNOYER.
Méphisto, La Presse dauphinoise, M. Collodion, Gentil-Bernard, Eau d'Uriage,	LEPAILLEUR
La France, Ville de Grenoble,	I. MALON.
Mont-Aiguille, L'Ecolier du Dauphiné, Brasserie du Rhin, La Chartreuse,	STAINVILLE.
L'Isère, Madame de Tencin, La Réclame chinoise,	VIENNE.
Fontaine Vineuse, Cours Saint-André, 1er Cadran, Billet de 5 francs, Le Ratafia,	VALENTINE.
Fontaine Ardente, Le Drac, Cotcodette 1re, Vizille,	FANNY.
Tour-sans-Venin, L'Ile Verte, Cotcodette, 2me, Pontcharra,	CÉLESTINE.
Grotte de la Balme, Le Verderet, Fontaine Grenette, Seyssinet,	JEANNE.

Jacques Vaucanson, Joseph Barnave, Un touriste, L'Amiral de Vaulnaveys,	MM.	VIENNE. OLLIVIER. VIVIER. Alb. MERE.
Bayard, Le Théâtre,		VIALDY.
Fleur de Thé, Un Escholier, Cocodès, Condillac,		FAURE.
Le Guide, La Citadelle, Le Sommeil du Dau- phiné, Un Cuisinier,		LECŒUR.
Marchande de feuilles, Père Eternel, Dolomieu,		MOUTHIER.
Le Postillon grenoblois Un lecteur,		LIAUD.
La Balance dauphinoise Un Etudiant, Joseph Mounier,		RIGEASSE.
L'Aubergiste, La Bastille, Café du Quartier, Mably,		JULIEN V.
Un Guide, Un Photographe,		LAUBIÈS.
Manne de Briançon, Parc Randon, 2me Cadran, Brasserie du Nord,	Mlles JUANA.	
Jardin de Ville, 3me Cadran,		CHAPOT.

Au deuxième tableau,

LE MARGOTONS

Chanson patoise de M. Aug. MOUTHIER.

Au sixième tableau,

ODE A L'AMOUR

Paroles de Gentil-Bernard.

DE
GRENOBLE A LA TRONCHE

PREMIER TABLEAU
LES SEPT MERVEILLES DU DAUPHINÉ

Le théâtre représente un site pittoresque et accidenté aux environs de Sassenage ; au fond, l'entrée des grottes. — Au lever du rideau les guides sont rangés, attendant l'arrivée des touristes.

SCÉNE 1re
LES GUIDES, LE GUIDE.

Le Guide. — Allons, camarades, il faut nous apprêter à recevoir dignement l'illustre voyageur qui nous a été annoncé depuis si longtemps et que nous sommes chargés de conduire de Grenoble à la Tronche par tous les moyens de transport possibles, à pied, à cheval, en voiture, en ballon, par terre, par mer et par air, si besoin est.

Les Guides. — Oui, maître.

Le Guide. — Je vous recommande de la tenue, de la discrétion et de la modération, surtout dans les prix ; n'oubliez pas que nous devons lui prouver que ce qui a été écrit dans une foule de petits livres est la vérité pure.

Les Guides. — Quoi donc ?

Le Guide. — Que c'est chez l'homme des campagnes seulement, chez le rural, comme on l'appelle aujourd'hui, qu'on trouve la vraie générosité et le désintéressement le plus complet.

LES GUIDES. — C'est juste.

UN GUIDE, *en dehors*. — Par ici, Monseigneur, par ici.

LE GUIDE. — C'est lui; allons, camarades, entonnons le chœur de circonstance.

TOUS, CHŒUR.

CHANT — CHŒUR DE LA GRACE DE DIEU

Honneur, honneur à Monseigneur
Pour sa bonne visite;
Ici pour nous, c'est un bonheur
Que tous l'en félicite.

SCÈNE II

LES MÊMES, LE TOURISTE.

LE TOURISTE, *entrant*. — Très-bien. Je suis satisfait.

TOUS, *saluant*. — Monseigneur! Prince! Altesse!

LE TOURISTE. — Un instant; vous n'auriez qu'à me porter ça sur la carte... Pas tant de titres, hein! Il y en a qui coûtent fort cher.

Le GUIDE. — A ceux qui les portent, Monseigneur.

LE TOURISTE. — Oh! non, à ceux qui les paient.

LE GUIDE. — Croyez-vous, Monseigneur?

LE TOURISTE. — Hélas! j'ai tant voyagé.

CHANT — POLKA DES DEUX VIEILLES GARDES

J'ai voyagé;
Et comme un enragé,
J'ai vu de tout,
Eté partout.
Le tour du monde est, dit-on, bien charmant,
Je n'ai subi que du désagrément.
Je pars d'abord chez les Anglais,
J'y fréquente des Irlandais.
Comme un dimanche on avait bu,
Un peu de plus, j'étais pendu!

Je change d'air.,
Passe la mer,
Et dans le pays du houblon.
On m'acceuille à coups de bâton

Ah! c'en est trop,
En Russie au grand trot
Là, c'est le knout.
Mais à Beyrouth,
Pour avoir vu le sérail se baigner,
Le grand eunuque a voulu m'empaler.
Je m'en vais chez les Africains,
En guerre avec les Marocains,
Dans un silo, frotté de miel.
On veut que je cuise au soleil.
Puis, au Brésil
Et pour un bill,
Qu'à l'intstant on vient d'afficher,
On me dit qu'on va me lincher.

Mais l'odieux,
Aux Indes, c'est bien mieux.
Scalpé, rôti,
Mangé, confi.
Chez les Chinois, il faut être magot.
Je veux partir, on me met dans un pot,
Je me sauve à Honoloulou,
Cent beautés sautent à mon cou,
Toutes ont droit d'avoir mon cœur,
Et je dois faire leur bonheur.
Moi, de courir,
De revenir
En France, où l'on peut s'embrasser
Sans avoir peur de divorcer.

Et vous dites que je suis ici à.....
Le Guide.—Sassenage, Monseigneur, à Sassenage.
Le Touriste, *cherchant dans son indicateur*. —
Sassenage, Sassenage...
Le Guide, *d'un ton déclamatoire*. — Sassenage,
chef-lieu de canton, population, 1617 habitants, dans
les environs...
Le Touriste, *l'interrompant*. — Je sais, oui...
j'ai lu ça dans mon petit livre... Sommes-nous en-
core loin de Grenoble?

Le Guide, *ton déclamatoire.* — Sassenage, à six kilomètres de Grenoble, dans une situation des plus pittoresques, renommé surtout pour ses...

Le Touriste, *l'interrompant* — Fromages, pour ses fromages ; je sais, oui... j'ai lu ça dans mon petit livre.

Le Guide. — Détrompez-vous, Monseigneur, renommé pour ses grottes.

Le Touriste. — Ah ! il y a des grottes ?

Le Guide. — Les célèbres cuves de Sassenage, hantées par les esprits et les fées.

Le Touriste. — Des fées, hum ! j'y crois peu ; quant aux esprits, par le temps qui court, j'y crois encore moins.

Le Guide. — Monseigneur est dans l'erreur, et je ne répondrais pas qu'en évoquant les hôtes antiques de nos grottes, ils ne répondissent à votre appel.

Le Touriste. — Comment. vous tenez aussi les apparitions, et combien ça coûte-t-il sur la carte ?

Le Guide. — Cela dépend ; si Monseigneur demande un esprit de premier ordre, ça sera cher.

Le Touriste. — Eh ! bien, tâchez donc de m'en trouver un dans les prix doux, un esprit à la bonne franquette.

Le Guide. — Si Monseigneur veut faire son évocation, nous lui en fournirons un tout petit, à la mode du jour, qu'on appelle Méphisto.

Le Touriste. — Va pour Méphisto !.. A moi, Méphisto !

SCÈNE III

LES MÊMES, MÉPHISTO.

Méphisto, *entrant sur un rocher.*

CHANT — AIR DES ENFERS DE PARIS

Je suis un très-bon petit diable,
Méphisto,
D'un esprit assez conciliable,
Qui presto

Accourt à celui qui l'appelle
En chantant,
Et chassant tout esprit rebelle.
Je l'attends;
Parle donc, mon ami;
Mon savoir infini;
Te dira ce qu'ici
Est le plus inouï
Oh! oui! oh! oui!
Mon savoir infini,
Oui!
Te dira ce qu'ici
Est le plus inouï

LE TOURISTE. — Dites-donc, l'ami, c'est un diable ça ?

LE GUIDE. — Sans doute.

LE TOURISTE. —- Eh! bien, et les griffes, et la...

MÉPHISTO. — C'est si mal porté, maintenant, que nous n'en voulons plus.

LE TOURISTE. — Permettez; je m'étais toujours figuré le diable avec...

MÉPHISTO. — Allons donc, est-il besoin d'avoir le costume traditionnel pour être à tes côtés? est-ce que le diable n'est pas toujours là et sous toutes les formes..? Ce faux ami qui rit à tes sottises et applaudit à tes vices, c'est le diable... Cette femme qui te jette à l'oreille une parole d'amour et qui glisse la main dans ton coffre-fort, c'est le diable!.. Cet enfant qui par devant t'appelle son petit papa et qui par derrière te fait la grimace, c'est le diable. Partout et sans cesse le diable avec le sourire aux lévres, avec des ongles roses et avec les yeux doux... le pied fourchu, le front cornu, et autres choses en u, tout cela n'existe plus; aujourd'hui, mon cher, le diable a de l'œil, du cheveu et de la dent.

LE TOURISTE. — Oh! oh! mais, dites-moi donc, cher Méphisto, vous allez bien vite en besogne; à vous entendre, nous ne serions plus bons qu'à envoyer au diable.

Méphisto. — Mais, certainement ; qu'est-ce que vous êtes aujourd'hui ? des ramollis, pas autre chose.

Le Touriste. — Ah ! mais, permettez !

MÉPHISTO

CHANT — RONDEAU DE KETTLY

On a fait de vous
Des bâtards de l'intelligence,
Et vos jeunes gens
Sont des ramollis à vingt ans,
Car vous êtes tous
Des humains de la décadence,
Alors qu'autrefois
Tout le monde écoutait vos lois.

Aujourd'hui leur tic
Est de vous dire avec leur pose
Qu'ils sont cols cassés
Ou bien encor petit crevés,
Qu'ils sont pourris d'chic,
Qu'ils ont sifflé la petite chose,
Et puis le potin,
Qu'ils ont tout fait avec machin.

Autrefois, enfin,
Semblable à l'ange qui s'envole,
On voyait toujours
La jeune fille sans atours ;
Et sylphe divin,
Paraissant dans une auréole,
Sa timidité
En était la virginité.

Aujourd'hui pourtant,
Il faut bien que je le confesse,
La timidité
N'est plus qu'une naïveté ;
Car, en étalant
Sa tournure à forme princesse,
On dit presque, Da !
Regardez ! mon pincez-moi ça !

Autrefois l'enfant
Tous les soirs faisait sa prière
Et par l'Eternel

Montrait le respect paternel;
Il trouvait charmants
Les vieux contes de la grand'mère,
Et quand il mentait
Il croyait que son nez branlait.
Aujourd'hui leur choix
N'est plus si simple, je l'avoue,
Et si le grondant
Vous voulez effrayer, l'enfant,
D'un geste narquois
Il dira tapant sur... sa joue
Tu n'es qu'un gêneur
Papa, dis-moi donc ? Et ta sœur ?

LE TOURISTE. — Dites-moi, il va bien votre petit diable; est-ce que vous porterez ça sur la carte ?

LE GUIDE. — Oh ! Monseigneur ne paiera que ce qu'il a commandé.

LE TOURISTE. — En ce cas, je lui commande de se taire.

MÉPHISTO. — Vous m'avez appelé cependant pour quelque chose ?

LE TOURISTE. — En effet, je comptais sur un diable bon enfant qui, en sa qualité d'être fantastique, m'aurait fait voir une foule de merveilles.

LE GUIDE. — Si Monseigneur le désire, nous en avons à sa disposition.

LE TOURISTE. — Comment, vous tenez aussi les merveilles ?

LE GUIDE, *d'un ton déclamatoire.* — Le Dauphiné, un des pays les plus riches en beautés naturelles, possède sept merveilles : la première...

LE TOURISTE, *l'interrompant.* — Je sais, oui... j'ai lu ça dans mon petit livre... Apportez-les ici, et puis que ça finisse.

LE GUIDE. — Comment, vous les apporter ?

LE TOURISTE. — Sans doute, puisque vous avez un diable. Votre diable est-il un vrai diable ou un faux diable, que diable ?

LE GUIDE. — Mais, Monseigneur...

MÉPHISTO. — Monsieur a raison ; il faut lui servir ce qu'il vous demande. Allons, en route, et que

chacun rapporte ici dans un instant, une nouvelle,
un renseignement ou une curiosité du pays.

Le Touriste. — A la bonne heure.

Tous les Guides. — En route.

CHANT — CHŒUR DES MULES DU BASQUE

Eh! hop! eh! hop! enfants des campagnes,
Eh! hop! eh! hop! nous allons, courons;
Eh! hop! eh! hop! guides des montagnes,
Eh! hop! eh! hop! partout nous grimpons.

(Tous les guides sortent).

Méphisto. — En attendant leur retour, permettez-
moi d'abord de vous offrir les sept Merveilles du Dauphiné : A moi les sept Merveilles !

SCÈNE IV

LES MERVEILLES, LE TOURISTE, MÉPHISTO.

Les Merveilles, *en dehors cachées.*

CHANT — CHŒUR DE ROTHOMAGO

Quelle est la voix qui nous implore?

MÉPHISTO.

C'est moi, beautés; venez à moi !

LES MERVEILLES, *paraissant.*

Attends, nous accourons vers toi.
Nous voilà ! nous voilà !

Le Touriste. — Eh ! mais, cher Méphisto, dans
vos sept Merveilles je n'en vois que six; où est la
septième ?

Méphisto. — *In tempore opportuno* !

Le Touriste. — Autrement dit : tout vient à point
à qui sait attendre... et ces dames sont ?

Méphisto. — Les Merveilles du Dauphiné.

Le Touriste. — Et on les nomme ?

La Grotte. — La Grotte de la Balme.

La Manne. — La Manne de Briançon.

La Fontaine vineuse. — La Fontaine vineuse.
La Tour. — La Tour sans venin.
La Fontaine ardente. — La Fontaine ardente.
Le Mont. — Et le Mont-Aiguille.

Les Merveilles *(chœur)*.

CHANT — VALSE DE GIZELLE

Admirez-nous, nous sommes les Merveilles
Du Dauphiné, qui charment le songeur
Par nos beautés qu'on nous dit sans pareilles
Et qui toujours plaisent au voyageur.

LA GROTTE.

A moi, d'abord, la Grotte de la Balme,
Car mes attraits en tous lieux sont inscrits
Par le touriste en me donnant la palme,
Plus d'un poète enfin les a décrits.

LA MANNE.

De Briançon, si vous goûtez la manne,
Si vous buvez la céleste liqueur,
Je suis souvent hélas! pour le profane
Amère au goût ; c'est vrai, mais douce au cœur.

LA FONTAINE VINEUSE.

Si vous voyez l'espèce si trompeuse
Des buveurs d'eau mentir en plein soleil,
On voit chez moi, la fontaine vineuse,
La vérité dans son simple appareil.

LA TOUR

Tour sans venin, je transforme et j'enchante
Aussi par moi, le mal se change en bien,
Plus d'une femme alors n'est plus méchante
Et ne dit plus du mal de son prochain.

LA FONTAINE ARDENTE.

Approche peu de la fontaine ardente,
Naïve enfant, et toi, beau troubadour,
Car il est dit que ma flamme brûlante
Consume tout, jusqu'aux serments d'amour.

LE MONT

De moi l'on dit : Oh! joli Mont-Aiguille,
Pour arriver à toi, sois donc plus doux ;

Mais je réponds, en sage jeune fille :
Non, car je suis inaccessible à tous.

LES MERVEILLES *(chœur)*.

Admirez-vous, etc., etc., etc.

Le Touriste. — Vous avez bien raison, mesdames, vous êtes charmantes.

La Grotte. — N'est-ce pas? Est-il rien de plus curieux à voir que ma Grotte de la Balme?

Le Touriste. — Si curieux, qu'on aimerait volontiers à s'égarer chez vous.

La Manne. — Et moi? est-il un produit naturel qui soit plus agréable que la manne de Briançon?

Le Touriste. — Très-agréable, car vous êtes à croquer.

La Fontaine V. — N'oubliez pas que je suis là, pour vous désaltérer, moi, la Fontaine Vineuse.

Le Touriste. — J'en ai soif à tel point, que je bois vos paroles, je les bois.

La Tour. — Prenez garde, si vous êtes trop moqueur, je vous enverrai à la Tour-sans-Venin.

Le Touriste. — Que n'y suis-je enfermé pour le restant de mes jours.

La Fontaine A. — Oh! oh! comme vous vous enflammé, il est vrai que la Fontaine Ardente est près de vous.

Le Touriste. — C'est ce qui fait qu'à votre contact, je brûle d'une flamme impossible à éteindre.

Le Mont. — Halte-là! n'allez pas plus loin, le Mont-Aiguille est là !

Le Touriste. — En effet, en vous voyant, je dois me contenter d'admirer, et pourtant, ah !

Méphisto. — Oh! oh! quel soupir, heureusement que la septième merveille va vous consoler.

Le Touriste. — Et quelle est cette septième merveille.

Méphisto. — La fée des Cuves de Sassenage, la belle Mélusine.

Le Touriste. — Une fée ici ?

Méphisto. — Et tenez, écoutez plutôt.

SCÈNE V

LES MÊMES, MÉLUSINE.

MÉLUSINE , *en dehors.*

CHANT — AIR DE CENDRILLON

Des cuves, je suis la fée
Et demande ici le jour,
On m'a toujours oubliée
Au fond de mon noir séjour;
L'abondance est mon présage
Et je vous rends tous joyeux,
Car , mon eau de Sassenage } *bis*
A toujours fait des heureux. }

LE TOURISTE. — Je l'entends bien , mais je veux la voir.

MÉLUSINE, *apparaissant dans la grotte.* — Me voilà !

LE TOURISTE. — C'est vous qui êtes...?

MÉLUSINE. — Mélusine , la fée des Grottes.

LE TOURISTE. — Et quel est votre charme?

MÉLUSINE. — De donner la fertilité et l'abondance en remplissant mes cuves.

LE TOURISTE. — S'il en est ainsi , cela tient de la magie ou de la féerie.

MÉLUSINE. — Est-ce que pour tous, le pays de la féerie n'est pas le plus beau? Mais la féerie, c'est l'illusion, la féerie, c'est la richesse, la féerie, c'est le bonheur.

CHANT — VALSE DE BOURGINE

Belle féerie
Qui vous sourie ,
Par mes attraits je vous fais tous rêver,
Pays du songe
Et du mensonge,
Charmant vos sens je viens vous enivrer.

L'enfant s'exalte en ce pays de fées
Aux gais lutins, aux gentils farfadets|,
Où les bonbons, les gâteaux, les poupées
Tombent du ciel, sur de simples souhaits.

A ce spectacle,
Un vrai miracle,
L'enfant se dit : l'homme est bon, généreux.
La toile baisse
Sa fausse ivresse ;
En grandissant devient un songe creux.

Toi, jeune fille, alors toute rêveuse,
Ton âme exhale un soupir plein d'amour,
Car tu crois voir dans cette cour pompeuse
Le beau seigneur qui doit t'aimer un jour.

Hélas, tout passe
Et tout s'efface,
Jeunesse, amour, au temps tout disparaît,
Car tout s'évince
Et ce beau prince
Tant désiré, n'arrivera jamais.

Le bon vieillard dont la marche s'achève,
Portant au front rides et cheveux blancs,
Y vient aussi pour repasser en rêve
Tous les amours de son plus jeune temps.

Il y soupire,
Il y désire
Se retrouver au milieu des houris ;
Tout se colore,
Il croit encore
Que Mahomet ouvre son paradis.

Chez la féerie, enfin, tout est richesse,
Tout est bonheur, jamais de pauvreté ;
Sylphes légers, entraînantes déesses,
C'est le pays de la félicité !

LE TOURISTE. — S'il en est ainsi, Madame la féerie,
je ne vous quitte plus ; avec vous, je verrai tout en
beau ; je veux partir à l'instant ; mes guides ! où
sont mes guides ?

SCÈNE VI

LES MÊMES, LES GUIDES, LE GUIDE.

LES GUIDES, *entrant*. — Nous voilà, Monseigneur,
nous voilà !
LE TOURISTE. — Très-bien, n'oubliez pas que vous

m'avez promis de me faire faire le voyage de Grenoble à la Tronche, partons et n'oubliez rien. Vous avez les bâtons ferrés, les sacs de voyage, les bottes fourrées, les lunettes d'approche et les provisions ; surtout vous avez les provisions !

LE GUIDE. — Oh ! ce n'est pas cela qui nous inquiète, nous pourrons en prendre en route si nous en manquons.

LE TOURISTE. — Et où donc cela ?

LE GUIDE. — Dans trois endroits renommés à cet effet, Monseigneur ; à la Saucisse, au Vautour et au Fumier.

LE TOURISTE. — Au fumier ! dites donc, mon ami, est-ce que vous êtes bien certain de la qualité des comestibles de cet endroit ?

LE GUIDE. — Oh ! j'en réponds, et comme odeur et comme saveur.

LE TOURISTE. — Très-bien, partons alors, et n'oubliez aucune curiosité, n'est-ce pas ?

LE GUIDE. — Comptez sur moi, et si vous voulez un petit aperçu de ce que nous allons vous montrer, écoutez plutôt :

CHANT — RONDEAU DE SALTARELLO

Permettez que je vous explique
Ce que Grenoble vous indique
Et, de peur que ça se complique,
J'emploierai chaque mot technique.

Imprimeries typographiques,
Quelques-unes lithographiques,
Des journaux encyclopédiques,
Où l'on trouve de vrais critiques.

Bibliothèque scientifique,
Musée aux tableaux artistiques,
Puis, le théâtre dramatique
Et les assises juridiques.

La société académique
Et la chorale honorifique,
Un grand fourneau économique
Et l'école pharmaceutique.

Une place aristocratique,
Une promenade publique,
Un grand bureau télégraphique
Et même un jardin botanique.

Enfin, pour terminer en ique
Toute la liste amphigourique,
Je cite une industrie unique,
Celle des gants, et la plus... chique.

Le Touriste. — Ce langage épisodique qu'il m'explique est magnifique ; ce qu'il indique est si logique qu'il me pique, partons !

Tous. — Partons *(On entend une musique de scène jouer l'air du Petit Navire)*. Qu'est-ce que c'est que ça ?

SCÈNE VII

LES MÊMES, L'AMIRAL.

L'amiral, *avec son porte-voix, en entrant.* — Habitants et habitantes des deux sexes de Grenoble et de la Tronche, c'est à seule fin de vous faire savoir que la grande revue annoncée aura lieu dimanche prochain et qu'elle sera passée par l'amiral de Vaulnaveys-sur-Mer !... Qu'on se le dise. *(Il sort sur la même musique.)*

Le Touriste, *cherchant sur son indicateur.* — Vaulnaveys-sur-Mer, Vaulnaveys... Dites-moi, guide, je n'ai pas ce pays-là dans mon petit livre ?

Le Guide. — Cela vient, Monseigneur, de ce que nous avons plusieurs Vaulnaveys.

Le Touriste. — Ah !

Le Guide. — Oui, Monseigneur, nous avons Vaulnaveys-le-Vieux et Vaulnaveys-le-Jeune... Vaulnaveys-le-Haut et Vaulnaveys-le-Bas... enfin, Vaulnaveys-sur-Terre et Vaulnaveys-sur-Mer.

Le Touriste. — Alors nous irons les visiter tous les six ?

Méphisto. — C'est entendu, en route.

Tous. — En route !

MÉPHISTO.

CHANT — AIR DE MA NIÈCE ET MON OURS

Suivez-moi ! Suivez-moi !
De mes pas, oui, suivez la trace
Et sachons ! et sachons !
Tout trouver partout à sa place,
Partons ! partons ! partons ! partons !
Et bientôt nous vous reviendrons
            Partons !

Public, vous qui serez le juge,
Vous allez nous suivre partout.
Cet honneur à vous, je l'adjuge
Mais faites preuve de bon goût
Et soyez bien juste surtout. (*bis*)

TOUS (*chœur*).

Suivons-le ! suivons-le ! *etc.*, *etc.*

MÉLUSINE.

Et si vous blâmez cet ouvrage
Qui malgré tout n'est pas nouveau,
Ne faites pas trop de tapage
Encouragez par vos bravos
Et pardonnez à ses défauts. (*bis*)

TOUS (*chœur*).

Suivons-le ! suivons-le ! *etc.*, *etc.*

(*Sortie générale.*) (*Rideau.*)

DEUXIÈME TABLEAU

GRENOBLE A VOL D'OISEAU

Le théâtre représente une place publique à Grenoble ; à droite. l'église Saint-André ; au fond, rues diverses. — Au lever du rideau, promeneurs, marchands, etc.; le touriste entre, son indicateur à la main.

SCÈNE Ire

LE TOURISTE.

Le Touriste, *entrant.* — En voilà un drôle de guide, qui me laisse en route.. Après-çà, mon indicateur y suppléera... Voyons, Grenoble ancien, Grenoble nouveau... Place St-André, j'y suis... Eglise St André, voilà... Statue de Bayard... Eh bien ! il est absent. Après çà, il n'est pas le seul, il y en a tant d'autres qui manquent !.. Le fort Rabot, la Bastille (*regardant en l'air, à gauche*), ça doit être çà la haut... La Citadelle, je ne vois pas la citadelle.

SCÈNE II

LE TOURISTE, LA CITADELLE.

La Citadelle, *entrant.* — Que tu demandes, incontinent, la Citadelle ?

Le Touriste. — Oui, jeune guerrier.

La Citadelle. — Que tu dois être subséquemment satisfait, attendu que la Citadelle, c'est moi.

Le Touriste. — Vous, ah ça, farceur !

La Citadelle. — Que je ne te permets pas de rire latéralement avec moi.

Le Touriste. — Si vous êtes si susceptible que ça, je m'adresserai à votre vieux frère, le fort Rabot.

SCÈNE III

LES MÊMES, LA BASTILLE.

La Bastille, *entrant*. — Et que vous aurez bien raison, Monsieur ; d'abord je suis grand et il est petit.

La Citadelle. — Oh ! que la taille inconsidérémment ne fait rien à la valeur.

La Bastille. — Vous croyez ça, osez donc m'atteindre ?

La Citadelle. — Que je crois incompètement que tu es dans l'erreur ; aujourd'hui, vois-tu, il n'y a plus de longueurs comparativement, ni de hauteurs ; c'était bon antécédemment, aussi. diamétralement parlant, nous ne pourrions pas nous mesurer ensemblement.

Le Touriste. — Je crois qu'il a raison.

La Bastille. — J'ai cependant eu mes hauts faits comme lui.

La Citadelle. — Alphabétiquement, oui ; mais alternativement, non ! que tout le monde a eu ses hauts faits authentiquement, les jeunes et les vieux, les pauvres et les richards. (*Il chante en marmotant, sauf les rimes*)

CHANT — AIR DE T'EN SOUVIENS-TU

| T'en souviens-tu. . . . bataille, |
| . . . . mitraille, |
| . . . . canon , |
| . . . . Dijon, |
| . . . . victoire, |
| . . ' . . . . gloire , |
| . . . . drapeau, |
| . . . . sabot. |

Le Touriste. — Bataille, Dijon, drapeau, sabot, je n'ai pas bien compris. .

La Citadelle — Eh bien, demande particulièrement à celui qui vient là, qu'il te le dira, lui ; bonjour.

La Bastille. — Salut ! *(Ils sortent tous les deux.)*

Le Touriste. — De qui veut-il parler, et où vais-je aller en attendant ?

SCÈNE IV

LES MÊMES, COURS ST-ANDRÉ, L'ILE-VERTE, PARC RANDON, JARDIN DE VILLE.

Cours St-André, L'Ile-Verte, Parc Randon, Jardin de Ville, *entrant*. — Chez nous, Monsieur.

Le Touriste. — Chez vous. Eh ! eh ! êtes-vous sérieuses ?

COURS ST-ANDRÉ.

CHANT — AIR DES BAVARDS

Loin de n'être que futiles,
Nous sommes souvent utiles,
Car, à défaut de beauté,
Nous avons la qualité.
Presque toujours nos ombrages
Ont obtenu vos suffrages.
Nous parons par nos atours
La ville de vos amours.
Plus d'un nom de votre histoire.
Est venu nous embellir,
Et des faits de votre gloire,
Nous garderons le souvenir
REFRAIN.
Dauphinois, oui, voilà,
Voilà tout ce que nous sommes.
Dauphinois, oui, voilà,
Voilà comme on nous nomme.

L'ILE-VERTE.

On m'appelle l'Ile-Verte,
Aussi, je ne suis pas, certe,
Sans modestie en disant :
Mon jardin très-séduisant.

JARDIN DE VILLE.

Ne soyez pas difficile,
Pour l'ancien Jardin de Ville.

PARC RANDON.

Moi, le petit parc Randon,
Pour plus tard, j'aurai du bon.

COURS ST ANDRÉ.

Quant à moi, la promenade
Cours Saint-André, je vous dis
C'est que sans fanfaronnade
Je dois remporter le prix.

CHOEUR. *(Reprise du refrain.)*

Dauphinois, oui, voilà, *etc*.

LE TOURISTE. — Vous êtes charmantes; mais où êtes-vous situées?

COURS ST-ANDRÉ. — Oh! pas loin d'ici, et si vous voulez nous suivre?

LE TOURISTE. — Avec plaisir... Vous d'abord, vous êtes?

JARDIN DE VILLE. — Le Jardin de Ville; je laisse un peu à désirer sous le rapport de la coquetterie, mais j'ai mon hercule et mon arbre.

LE TOURISTE. — C'est une gaillarde, celle-là.

PARC RANDON. — Comme Parc Randon, je suis encore jeune, mais je grandirai, vous me verrez dans quelques années.

LE TOURISTE. — Très-bien, je repasserai alors... Et vous?

L'ILE-VERTE. — Oh! moi, l'Ile-Verte, j'ai conquis tous les suffrages des admirateurs par ma situation, mes sites.

LE TOURISTE. — Alors vous êtes à citer? Enfin, vous?

COURS ST-ANDRÉ. — Modestie à part, je suis la plus belle des promenades de Grenoble, et j'ai un chef-d'œuvre à vous offrir.

LE TOURISTE. — Lequel?

COURS ST-ANDRÉ. — Le Pont-de-Claix, œuvre de Lesdiguières.

LE TOURISTE. — Allons, j'irai vous voir toutes les quatre.

SCÈNE V

LES MÊMES, JARDIN DES PLANTES.

JARDIN DES PLANTES, *entrant*. — Vous m'oubliez, monsieur.

LE TOURISTE. — Qui êtes-vous donc ?

JARDIN DES PLANTES. — Le Jardin des Plantes, un peu caché, comme toutes les belles choses, mais qui ne vous en offre pas moins ses fleurs.

LE TOURISTE. — J'adore le langage des fleurs.

JARDIN DES PLANTES. — Ne vous y fiez pas trop, pourtant.

CHANT — AIR DE NADAUD

Autrefois, le plus doux langage
Etait le beau parler des fleurs,
Aujourd'hui, c'est un persiflage,
Un emblème des plus trompeurs,
Voyez, d'abord, celle qu'on nomme
La fleur des : ne m'oubliez pas,
De plus en plus imitant l'homme,
Se place au nombre des ingrats.

Et l'immortelle du poète
Qui ne sortait que pour le deuil,
Ainsi que l'humble violette,
N'est plus qu'un vain signe d'orgeuil.
Et toi, symbole d'innocence,
Oh ! ma blanche fleur d'oranger,
Tu deviens par ton inconstance
L'emblème le plus mensonger.

Pourtant si le souci me gagne,
Je vais courir les prés fleuris
Et m'en aller par la campagne
Trouver mes emblèmes chéris.

C'est alors que je vous invite
A m'imiter tous ; en un mot,
A cueillir blanche marguerite
Et même un beau coquelicot ;
Avec ce bleuet qui balance
Réunissez leurs trois couleurs,
Car ce bouquet, ma préférence
C'est toi, la France, à toi, mon cœur.

Le Touriste. — Bien dit, et si tout le monde pensait comme vous... *(Bruit de dispute au dehors entre l'Isère et le Drac).*

SCÈNE VI
LES MÊMES, LE DRAC, L'ISÈRE.

Le Drac, *entrant.* — Je m'en rapporte à Monsieur.

L'Isère, *entrant.* — Et moi aussi.

Le Touriste. — Qu'y a-t il donc?

Le Drac. — Elle prétend qu'elle est plus belle que moi,

L'Isère. — Elle prétend que je suis plus âgée qu'elle, ce Drac.

Le Drac. — Mais certainement, Madame l'Isère.

L'Isère. — Allons donc! une fille comme vous, qui avez été détournée de votre lit, vous osez avoir des prétentions.

Le Drac. — Si j'ai des prétentions, vous n'avez guère le droit d'en avoir vous, car on n'ose pas vous regarder sans que vous soyez troublée.

L'Isère. — Si je suis troublée, vous n'en avez pas le teint plus clair, vous, et si vous étiez comme moi forcée de recevoir je ne sais qui et je ne sais quoi !..

SCÈNE VII
LES MÊMES, LE VERDERET.

Le Verderet, *entrant.* — Allons, ne vous disputez plus; vous enverrez chez moi tout ce qui vous déplaira.

Le Touriste. — A la bonne heure; il a bon caractère, ce petit...

Le Verderet. — Verderet, Monsieur, et si je n'ai pas la corpulence et l'impétuosité de ces dames, je n'en ai pas moins mon utilité.

Le Drac. — Avez vous vu ce petit seccot?

L'Isère. — Avec ses quatre gouttes d'eau qui s'entrecourrent l'une après l'autre.

LE DRAC. — Va donc, li capet.

L'ISÈRE. — Va te pigna, galoche.

LE VERDERET. — Taisez-vous, vous devriez rougir de vos débordements.

LE TOURISTE, *s'interposant*. — Allons, allons, la paix ; vous voilà troublées toutes les trois maintenant.

L'ISÈRE. — Est ce que vous croyez qu'il n'y a pas de quoi, quand on nous force à voir ce que nous voyons ?

LE DRAC. — Il y a de quoi être troublées.

CHANT — AIR DE LA ITOU

Quand j'entends en canots
Tenir de gais propos
Et que des jeunes gens
Je surprends les embrassements,

TOUS (*parle*). — Eh ! bien !

LA DRAC.

La ïtou, tra la la, *etc.*

TOUS (*chœur*).

La ïtou, tra la la, *etc.*

LE VERDERET.

Quand je vois des baigneurs
Sans casquettes, sans cœurs
Descendre mon courant
Alors, je puis, bien franchement, *etc.*, *etc.*, *etc.*

L'ISÈRE.

A part le genre humain,
Lorque sur son chemin
Un brochet en flanant
Trouve une carpe, assurément, *etc.*, *etc.*, *etc.*

LE TOURISTE. — Moi qui avais précisément l'intention de faire des essais de pisciculture, j'irai vous vous voir... Mais me voilà bien des visites à rendre, j'en oublierai ou je me perdrai en route.

JARDIN DES PLANTES. — Je vous conduirai, Monsieur ; nous sortirons par la porte Très-Cloîtres.

COURS SAINT-ANDRÉ. — Du tout, par la porte Randon.

Parc Randon. — Par la porte Créqui.

Jardin de Ville. — Par la porte de France.

L'Isère. — Par la porte Saint-Laurent.

Le Drac. — Par la porte des Alpes.

Le Verderet. — Par la porte de Bonne.

L'Ile-Verte. — Par la porte de l'Ile-Verte.

Le Touriste. — Un instant ; entendez-vous, au moins. Je ne peux pas sortir par toutes à la fois.

Jardin des Plantes. — Je vais concilier tout.

CHANT — AIR DU DOMINO NOIR

Je me transporte,
Aussi je trotte
Et vite par la porte
De l'Ile-Verte alors ;
Je suis dehors
De là je passe
Et non sans grâce,
C'est par la porte basse
Qu'on nomme Saint-Laurent
Où je me rends,
J'arrive à la porte de France,
En qui toujours j'ai confiance ;
Vers le passé bientôt vivement je m'élance,
J'y vais par la porte Créqui ;
Par la porte Randon aussi,
De Bonne en route,
Coûte que coûte
Et sans le moindre doute,
Aux Alpes où j'allais,
A côté, je trouvais
Très-Cloîtres... et bien mieux,
Triste et rentrant non plus joyeux,
Par la porte de vos Adieux ?

Le Touriste. — C'est convenu, je vous suis.

Tous, *en sortant*. — En route ! (*Ils sortent, mais le Touriste les suivant, se trouve arrêté par Fleur de Thé qui entre devant lui.*).

SCÈNE VIII

LE TOURISTE, FLEUR DE THÉ.

Le Touriste. — Pardon, Monsieur.

Fleur de Thé, *entrant.* — Demandez du bon thé de Suisse, pour les gens qu'a des chauds de froid et des coliques de mal de ventre, et des graines de raves blanches des femmes du Bourg-d'Oisans.

Le Touriste. — Qu'est-ce que c'est que ce Chinois-là ?

Fleur de Thé. - Demandez du bon thé de...

Le Touriste, *l'interrompant.* — Oui, oui, je sais ; c'est donc un remède à tout faire que votre bon thé de Suisse ?

CHANT — AIR DE L'ARTISTE

Votre baume suprême
Guérit l'indigestion
Et vous enlève même
Enflure et fluxion ;
Il est de tous les temps,
Enfin vous ravigote
Car ça nettoie les dents,
FLEUR DE THÉ
Et ça cire les bottes.

Le Touriste. — Enfin, en vendez-vous beaucoup ?

Fleur de Thé — Hélas ! non.

Le Touriste. — Eh bien ! il faut vous faire mettre une annonce dans un journal de la Presse dauphinoise.

Fleur de Thé. — Oui, mais qui s'en chargera ?

SCÈNE IX

LES MÊMES, LA PRESSE.

La Presse, *entrant* Moi !

Fleur de Thé. — Vous ?

La Presse. — Pourquoi pas? est ce que la Presse ne doit pas accueillir tout le monde ?

CHANT — RONDEAU DE SUZANNE LAGIER

Disciple de la vérité,
A ma voix, amis, qu'on s'empresse ;
Je viens à vous, je suis la Presse,
L'apôtre de la liberté.
Si j'entre dans l'hôtel du riche,

Je ne m'en vais pas moins chez tous ;
Car pour le pauvre, on est pas chiche,
Il peut m'avoir pour quelques sous,
Pour tous, ayant mêmes égards ;
Car j'éclaire tout à la ronde,
Mon flambeau luit pour tout le monde.
Pour le commerce ou bien les arts,
Noble gladiateur antique,
Dans l'arène on me voit courir
Pour y sauver la République,
Toujours combattre et puis mourir.
J'emprunte comme au temps jadis,
Le masque de la Comédie
Et les grelots de la Folie,
Le fouet vengeur de Némésis.
Avec l'opinion publique,
Nouveau Castor, nouveau Pollux,
A tous, ma mission s'indique
Par ces mots sacrés : *Fiat lux.*
Disciple de la..., etc., etc., etc.

Le Touriste. Enchanté d'avoir fait votre connaissance.

Fleur de Thé. — Et moi aussi ; alors, vous ne m'oublierez pas ?

La Presse. — Comptez sur moi.

Fleur de Thé, *en sortant.* — Demandez du bon thé de Suisse, pour les gens qu'a des chauds de (*sa voix se perd*).

La Presse — Maintenant, cher Monsieur, si vous désirez que je vous présente mes rédacteurs ?

Le Touriste. — Comment donc, mais enchanté.

La Presse. — A moi ! mes amis, à moi !

SCÈNE X

LE TOURISTE, LA PRESSE, LES TROIS JOURNAUX.

Les trois Journaux, *entrant ensemble.*

CHANT — CHŒUR DES MYSTÉRES DE L'ÉTÉ

Est-ce moi qu'on appelle ?
Me voilà, me voilà !

Car à qui m'interpelle   } *bis*
Je lui dois d'être là.   }

LE TOURISTE. — Messieurs, je vous salue. (*A part*)
Faut toujours être poli avec les journalistes; on ne
sait pas ce qui peut arriver.

LA PRESSE. — Messieurs, si vous voulez exposer
votre programme...

LE POSTILLON. — Le Postillon de l'Isère.

LE SOMMEIL. — Le Sommeil du Dauphiné.

LA BALANCE — La Balance Dauphinoise.

LE TOURISTE. — Et quelle est votre opinion sur la
situation actuelle ?

LES TROIS JOURNAUX. — Oh ! nous ne nous mêlons
jamais de politique.

(Scène supprimée par la censure.)

LE TOURISTE. — Mon choix est fait.

LA PRESSE. — Très-bien ; ces Messieurs en parle-
ront, ainsi que leur jeune confrère, l'Ecolier du
Dauphiné.

SCÈNE XI

LES MÊMES, L'ÉCOLIER DU DAUPHINÉ.

L'ECOLIER DU DAUPHINÉ, *entrant*. — Du tout,
je ne m'en mêle pas.

LE TOURISTE. — Et pourquoi donc, cher petit
Dauphiné ?

L'ECOLIER. — Pourquoi ?

CHANT — AIR DU PETIT BORDEAUX

Car moi seul ici je me pique,
En franc et joyeux bambin,
De laisser votre politique
Pour autre plus malin ;
Pourtant et quoi qu'il en advienne,
La fariradondaine,
Je puis dire à tous d'un air triomphal :
Je suis un petit journal.
Je suis un petit jour, jour, jour, jour, jour,
La fariradondaine ;
Je suis un petit jour, jour, jour, jour, jour,
Je suis un petit journal.

> Je parle un peu de médecine,
> De tout, car je suis bavard,
> Et même de votre cuisine,
> Puisque je parle de l'art,
> Alors et quoi qu'il en advienne,
> La fariradondaine,
> Je puis dire à tous d'un air triomphal :
> Lisez mon petit journal.
> Lisez mon petit jour, etc., etc., etc.

LE TOURISTE. — Pas de chance, mon cher Dauphiné ; alors je m'adresserai à votre frère la Gazette.

L'ECOLIER. — Inutile, mon frère et moi nous ne faisons qu'un.

LA PRESSE. — Après ça, vous avez encore un journal à primes.

LE TOURISTE. — Ah ! bah !

LA PRESSE. — Et qui vous donnera en plus de votre abonnement, une douzaine de mouchoirs.

LE TOURISTE. — Il prend donc ses abonnés pour les moucher ?

LA PRESSE. — Ou bien encore une collection de bonnets de coton.

LE TOURISTE. — C'est pour lire son journal avant de se coucher.

LA PRESSE. — Ou enfin les œuvres de M. Tronçon du Poitrail, la *Résurrection de Rocambole.*

LE TOURISTE. — Oh ! alors, s'il donne de la Rocambole.

LA PRESSE. — Enfin, adressez-vous à tous les journaux, à toutes les feuilles et...

SCÈNE XII

LES MÊMES, LA MARCHANDE DE FEUILLES.

LA MARCHANDE DE FEUILLES, *en dehors.* Marchanda de folliets !

LE TOURISTE — Qu'est-ce que cela, encore un nouveau journal ?

LA PRESSE. — Comment cela ?

LE TOURISTE. — Sans doute, marchande de feuilles.

La Presse — Oh ! ce ne sont peut-être pas les mêmes que les nôtres.

Le Touriste, *appelant.* — Vous croyez ? Par ici, la marchande, par ici.

La Marchande, *entrant.* — Marchanda de folliets !

Le Touriste. — Eh bien ! où sont vos journaux ?

La Marchande. — Mous jornaux ?

Le Touriste. — Eh bien ! oui, vos feuilles ?

La Marchande. — Me folliets, y sont dins mon sa..

Le Touriste — Sont-elles intéressantes ?

La Marchande. — Plat-y ?

Le Touriste. — Je vous demande si vos feuilles sont intéressantes ; si, en les lisant on peut ne pas dormir dessus ?

La Marchande. — Creyo ben qu'on po dormi dessus ; fa pa in pli, vaut mieux que lous turquehios, pe lous petiots surtôt.

Le Touriste. — Ah ! ça, qu'est-ce qu'elle me chante là, cette vieille sorcière ?

La Marchande. — Et ben, merci ! queu Parisiens de Grenôblo, i m'appelle sorcieri, parce que je sé âgea, parce qu'au lieu d'avé in tas de quincaillarie sus la tête, n'y a que mon sa, qu'au lieu de porta de soie, je n'ai qu'ina poura roba, mais l'est païa ; tindez-vo, banatru ! J'ai la figura que lo bo Dieu m'a fa, mi ; je ne la peinturluro pas coma votrets Margotons, qué ne savont pas le prix de leurs peleures. Ah ! le Margotons !...

CHANT — AIR DE LA FARIDONDAINE

Y a de fillets dedins Grenôblo (*bis*)
Que n'migeont qu'in pou de toma,
    La faridondaine ;
  Et portont de beaux farballas,
    La faridonda.

Sovint y n'ont point de chamisi,
Marchont su l'jambes de leurs bas,
Ont d'talons hiauts coma lo bras.

N'ont de fés qu'ina poura couchi,

Que ne vés pas sovint de draps,
Et portont d'chignons d'in quintà.

Y ne parlont que de bombanci,
De polailli, dindo truffà,
Et vont morir à l'hôpità.

Y en a qui sont incou bravounes,
Mais faut tôjou bien s'en môfia,
Sont pires que lo choléra.

Hérouzamint que gn'y en d'autres
Qui sont sag's et bien élevas,
    La faridondaine,
Faut le prindre pe se maria,
    La faridonda.

LE TOURISTE. — Allons, ma chère dame, on tâchera d'en trouver une bonne.

LA MARCHANDE. — Farez pas mâ, et si é vo baille de petiots, n'oubliez pas la marchanda de folliets. *(Elle sort en criant)* Marchanda de folliets !

LE TOURISTE. — Cette marchande de feuilles est un peu sèche, mais elle est encore verte ; un peu plus, elle nous passait tous en revue, *(On entend la musique qui précède l'entrée de l'Amiral).* A propos de revue, aurait-elle lieu ?

SCÈNE XIII
LES MÊMES, L'AMIRAL.

L'AMIRAL, *entrant avec son porte-voix.* — Habitants et habitantes des deux sexes de Grenoble et de la Tronche, c'est à seule fin de vous faire savoir que la grande Revue annoncée est remise à dimanche prochain, et qu'elle sera passée par l'Amiral de Vaulnaveys-sur-Mer... Qu'on se le dise ! *(Il sort sur la musique de scène).*

LE TOURISTE. — En ce cas, j'y cours, mais par où ?

L'ECOLIER. — Vous prendrez la voûte.

LA PRESSE. — Ou l'allée qui traverse.

TOUS — D'ailleurs, nous allons vous montrer le chemin (*Ils sortent*).

LE TOURISTE. — Sapristi, mais j'y songe, il a bien dit que la revue avait lieu dimanche , mais il ne m'a pas dit à quelle heure.

SCÈNE XIV

LE TOURISTE, LES CADRANS.

TROISIÈME CADRAN, *entrant*. — Vous voulez savoir, Monsieur ; voilà, heure du chemin de fer.

DEUXIÈME CADRAN, *entrant*. — Heure de Paris.

PREMIER CADRAN, *entrant*. — Heure de Grenoble.

LE TOURISTE. — Diable, mais laquelle est la bonne ?

PREMIER CADRAN. — C'est la mienne.

DEUXIÈME CADRAN. — Permettez, la mienne.

TROISIÈME CADRAN. — Du tout, c'est la mienne.

LE TOURISTE. — Ah ! ça, voyons, entendons-nous ; où suis-je ici ?

PREMIER CADRAN. — A Grenoble ; voilà, heure de Grenoble.

TROISIÈME CADRAN. — Oui, mais comme vous allez prendre le train, voilà, heure du chemin de fer.

DEUXIÈME CADRAN. — Permettez, Paris étant la capitale, voilà, heure de Paris.

LE TOURISTE. — — Ah ! je bats la breloque avec vos heures.

PREMIER CADRAN. — Alors, prenez-nous toutes, vous trouverez bien à nous employer chacune à notre tour.

LE TOURISTE. — Ma foi, c'est le plus court parti.

PREMIER CADRAN. — Certainement.

CHANT — AIR DE LA SONNETTE DES MÉMOIRES DU DIABLE

Mon heure de la table
Vous a toujours séduit ;
Je fais peur au coupable,
A l'heure de minuit.
Mais il est encore une autre heure
Et qui pour sûr vous charmera,

Adorez-la, c'est la meilleure,
    Quand elle sonnera.
Aimez ! aimez ! à l'heure du berger ;
Aimez (*baisers*)! à l'heure du berger.

Ah ! sapristi, voilà le sing qui sonne, je vais être
en retard ; je me sauve. *(On entend la cloche.)*

DEUXIÈME ET TROISIÈME CADRANS —Et nous aussi.
(Les Cadrans sortent).

LE TOURISTE. — Comment, le saint ? quel saint ?
saint qui ? saint qu'est-ce ? Mais, attendez-moi donc.
*(Il sort en courant après les cadrans, aussitôt on
entend une musique de scène, le théâtre s'obscur-
cit, sur le motif de la* Marseillaise *on entend le
canon ; la statue de Bayard sort de terre ; la
France paraît sur le seuil de l'église Saint-André.)*

TROISIÈME TABLEAU

LE REVEIL DE BAYARD

Bayard sur son piédestal ; la France sur les marches de l'église

---

SCÈNE UNIQUE

BAYARD *(récit).*
France , quel est ce bruit ? Chez toi le canon gronde ;
L'étranger a-t-il donc foulé mon sol natal ?
Toi, qui lançais à tous tes lois de par le monde ,
Serais-tu la merci d'un barbare brutal ?

LA FRANCE.
Hélas , c'en est ainsi, j'agonise meurtrie :
C'est en vain que mes fils m'ont couvert de leurs corps ;
Ils n'ont pu le sauver, ce sol de la patrie ,
Car les lâches ont fui , puis les braves sont morts.

BAYARD.
A Ravenne , à Rebecque , en toutes les batailles ,
J'ai dit à mes soldats ; il faut vaincre ou mourir.

Dis-moi, pour que l'on ait déchiré tes entrailles,
En quel siècle tes fils ont pu s'abâtardir?

                    LA FRANCE.

Dans un siècle adoré des gandins, des cocottes,
Siècle de l'agiot, du trafic et de l'or,
Siècle du positif, où les vertus se cotent
A la Bourse, en des lieux plus infâmes encor.

                    BAYARD.

Mais l'honneur, mais la foi, la valeur, le courage
Ne sont pas morts chez tous, j'entends encor les noms
De nos succès passés, des combats de tout âge,
Où tes chefs glorieux ont conquis leurs renoms.

                    LA FRANCE.

Plus de foi, plus de Christ, plus de cœur, ni plus
Ni plus d'illusion, plus de penchant au bien, [d'âme,
Mais le doute sceptique et la science infâme
Disant : Matière est tout, car l'âme n'est plus rien.

                    BAYARD.

France, réveille-les, fais battre en leurs poitrines
L'amour national qui m'animait jadis,
Et qu'en te relevant plus forte sur tes ruines,
Ce baptême de sang régénère tes fils!

            (Bayard et la France disparaissent.)

QUATRIÈME TABLEAU

AUTREFOIS ET AUJOURD'HUI

SCÈNE UNIQUE

CHOEUR D'ÉTUDIANTS.

CHANT — AIR DES ÉTUDIANTS

Messieurs les étudiants
S'en vont à la brasserie
Pour y passer leur temps ;
C'est là qu'on étudie
Toujours (*bis*)

La nuit comme le jour,
Et youp, youp, youp!
Tra la la.

(Ils entrent en se disputant aussitôt le chœur terminé ; tous les personnages du 2ᵉ tableau et de l'acte les accompagnent ; une partie est en escholiers du moyen-âge, l'autre est en étudiants de nos jours. Le touriste cherche à les calmer.)

LE TOURISTE. — Messieurs, messieurs, entendez-vous?

L'ÉTUDIANT *de nos jours.* — Allons donc, l'étudiant d'aujourd'hui, il n'y a que ça.

L'ESCHOLIER, *parlant vieux français.* — Et les escholiers d'autrefois, les prenez-vous pour des bé-lîtres.

LES ÉTUDIANTS. — A bas les escholiers?

LES ESCHOLIERS. — A bas les étudiants ! *(Ils vont pour se battre.)*

LE TOURISTE, *s'interposant.* — Messieurs! Messieurs!

L'ÉTUDIANT, *monté sur une table.* — Laissez donc : *Beati pauperes spiritu.*

L'ESCHOLIER, *de même sur une table.* — La raillerie est bonne de soi, compaing, et suis aise de te trouver si fort en bouche et d'humeur si joviale : *Anguis latet in herba.*

L'ÉTUDIANT. — Vous voyez, *margaritas ante porcos.*

TOUS, *applaudissant.* — Bravo! bravo!

L'ESCHOLIER. — Malotru, voudrais-tu pas jouer la farce de l'âne qui pensa gouverner l'ânier.

L'ÉTUDIANT. — Oh! oh! *video lupum.*

TOUS, *riant.* — Ah! ah! ah!

L'ESCHOLIER. — Holà, ne suis de valeur, pour argumenter en si haute gamme, d'autant qu'il est plus fin ergoteur en Sorbonne.

L'ÉTUDIANT. — Va donc : *Epicuri de grege porcum.*

TOUS, *furieux.* — Oh!

L'ESCHOLIER. — Mais, ladre fieffé et claquedent

audacieux, avez-vous pas arme cachée pour parler
tel assuré langage ; en ce cas, cette place en soit la
lice.

L'Etudiant. — *Aquila non capit muscas.*

L'Escholier. — Saint Satanas, te torde le col et
l'âme, et te trouve en guise de bras de jouvencelle,
une moult corde pour t'y pendre haut et court.

L'Etudiant. — Voyez-vous pas, amis : *in cauda
venenum.*

Tous, *s'élançant.* — Los aux étudiants.

Tous, *criant.* — Sus aux escholiers.

Le Touriste. — Messieurs, qu'allez-vous faire,
êtes-vous donc ici pour vous battre : *Abyssus abys-
sum invocat.* Tiens, cela se gagne, voilà que je
parle latin à mon tour.

Tous, *riant.* — Ah! ah! ah!

Le Touriste. — Vous avez ri, vous êtes désarmés.

L'Escholier, *lui donnant la main.* — Ma foi,
compaing, mieux vaut répandre entre nous cervoise
et hypocras, que sang et larmes; oncque ne m'en
veuillez mie.

L'Etudiant. — *Amen*, mon frère, *desinit in pis-
cem.*

L'Escholier. — Holà, la matrulle, un piot de vin
haut en couleur, guerre de buverie et heurt de gobe-
lets et de chansons.

L'Etudiant. — Bien dit, à boire, et chantons!

Tous. — Chantons!

L'ÉTUDIANT.

CHANT — AIR DE BLAQUIÈRES, ROTHOMAGO

Chantons les belles choses
Qu'on ne voit qu'au printemps,
En effeuillant les roses
De la vie à vingt ans.

CHOEUR (*tous*).

Ah! ah! la folle ivresse,
Les chansons, les amours.
Ah! ah! belle jeunesse,
Ah! durez donc toujours.

LE PREMIER CADRAN.
Buvons jusqu'à la lie
Ce nectar couleur d'or,
Et jusqu'à la folie
Il faut verser encor. (*Chœur.*)
L'ESCHOLIER.
Rions, rien ne remplace
Cette franche gaîté
Devant qui tout s'efface,
Même la pauvreté. (*Chœur.*)
LA PRESSE.
Aimons tous la plus belle,
Couronnons-la de fleurs,
Oh! Vénus immortelle,
Toujours à toi, nos cœurs. (*Chœur.*)
L'ESCHOLIER.
Ayons tous l'âme pleine
De générosité ;
Crions à perdre haleine :
Vive la liberté! (*Chœur.*)

L'ESCHOLIER. — Maintenant, en place pour la danse et en route pour la vogue de la Bajatière.

TOUS. — En place. (*On se place, étudiants, personnages, etc., etc. Quadrille d'Orphée, danse générale, galop final.) (Rideau.)*

CINQUIÈME TABLEAU

LA PHOTOGRAPHIE DAUPHINOISE

Le théâtre représente l'intérieur d'un salon d'attente chez un photographe — Au lever du rideau, le touriste précédé de Collodion paraît à la porte et entre, plusieurs photographes sont en scène.

SCÈNE Ire

PHOTOGRAPHES, COLLODION, LE TOURISTE.

COLLODION, *entrant.* — Entrez, Monsieur, vous êtes chez moi.

Le Touriste, *de même.* — Charmé d'avoir fait votre connaissance, Monsieur..., Monsieur. .

Collodion. — Collodion, photographe dauphinois ; en même temps, permettez moi de vous présenter mes principaux collègues : Messieurs (*il les présente*) Nitrate d'Argent, Cyanure de Potassium et les deux frères Négatif et Positif.

Le Touriste. — Ah ! c'est positif, ils se ressemblent beaucoup.

Collodion. — Aussi, chez moi, ressemblance garantie.

Le Touriste. — J'en juge par ces deux frères.

Collodion. — N'est-ce pas, nous garantissons même la ressemblance des personnes que nous n'avons jamais vues et qu'on ne verra jamais.

Le Touriste. — C'est prodigieux.

Collodion. — Et si vous voulez en faire l'essai, vous n'avez qu'à passer dans mon laboratoire ; allez, Messieurs, allez préparer vos plaques et vos produits.

Les Photographes. — A l'instant, maître. (*Ils sortent, au même instant en entend la musique de scène qui annonce l'entrée de l'amiral.*)

SCÈNE II

LES MÊMES, L'AMIRAL.

Collodion et Touriste. — Qu'est-ce qui nous arrive là ?

L'Amiral, *avec son porte-voix.* — Habitants et habitantes des deux sexes de Grenoble et de la Tronche, c'est à seule fin de vous faire savoir que la grande revue annoncée est remise à dimanche prochain et qu'elle sera passée par l'amiral de Vaulnaveys-sur Mer. Qu'on se le dise. (*Il sort sur le même motif de musique.*)

Le Touriste. — Encore remise, ah ! décidément pas de chance.

Collodion. — Consolez-vous, en fait de revue, si

vous voulez passer celle de ma galerie, j'ai mieux que cela à vous offrir.

LE TOURISTE. — Votre galerie de portraits est donc bien curieuse?

COLLODION. — Sans nul doute, car chez moi on trouve tous les âges, tous les genres, toutes les conditions ; des académiciens et des pâtissiers, des journalistes et des marchands de choux, des propriétaires et des chiffonniers, des ambassadeurs et des décrotteurs, des hommes d'Etat et des saltimbanques, des hommes comme il faut et des femmes comme il n'en faut pas : depuis l'enfant qui vient de naître, jusqu'au Père Eternel.

LE TOURISTE. — Ah bah ! vous avez aussi le Père Eternel?

SCÈNE III

LES MÊMES, PÈRE ÉTERNEL.

PÈRE ÉTERNEL, *entrant.* — Pourquoi pas, Monsieur!

LE TOURISTE — Comment, c'est vous qui êtes?

PÈRE ETERNEL. — Le Père Éternel, Monsieur, tout à votre service, tout prêt à vous tendre la main dans l'infortune, et à vous sauver du déshonneur, comme je l'ai déjà fait pour un ingrat, quand l'occasion s'est présentée.

LE TOURISTE. — Alors que justice vous soit rendue pour le passé.

PÈRE ETERNEL. — Trop tard, hélas!

LE TOURISTE. — Oh! oh! de la tristesse!

PÈRE ETERNEL. — De la tristesse, non pas, mon cher Monsieur, ça été bon pour un moment, mais à présent je chante le matin, le soir surtout; que voulez-vous entendre : *Gastibelza*, la *Chanson du Vigneron*, *Vogue sur ma Tartane*, la chanson dauphinoise de la *Pernette*?

COLLODION. — Allez pour la *Pernette*, mon Père Eternel?

PÈRE ÉTERNEL.

CHANT — VIEL AIR DAUPHINOIS

La Pernette se lève,
Tra, la, la, londerira,
La Pernette se lève
Deux heures d'avant jour.

A chaqu'tour qu'elle file,
Tra, la, la, londerira,
Sa mèr'vient, lui demand,
Pernette, qu'avez-vous?

Je n'ai pas mal de tête,
Tra, la, la, londerira,
Je n'ai pas mal de tête,
Mais bien le mal d'amour.

Tu n'auras pas ton Pierre,
Tra, la, la, londerira,
Tu n'auras pas ton Pierre,
Nous le pendolerons!

Si vous pendolez Pierre;
Tra, la, la, londerira,
Si vous pendolez Pierre
Pendolez-moi-z-aussi.

Couvrez Pierre de roses,
Tra, la, la, londerira,
Couvrez Pierre de roses,
Et moi de mille fleurs.

Le Touriste. — Il m'a tout ému, ce bon vieux; tenez, donnez-moi la main?

Père Eternel. Oh! vous pouvez la presser sans crainte, elle n'a pourtant qu'une qualité, c'est la main d'un honnête homme... Allons, je vous dis adieu; ne m'oubliez pas et pensez quelquefois au Père Eternel. *(Il sort.)*

Le Touriste. — Je vous fais mon compliment, Maître Collodion, et si les jeunes ressemblent à ce vieux...

Collodion. — Vous pourrez en juger par celui qui vient ici.

SCÈNE IV

LES MÊMES, COCODÈS.

COCODÈS. *entrant* — (*Il entre sans mot dire et siffle par terre.*)

LE TOURISTE. — Eh bien! qu'est-ce qu'il fait, ce Monsieur, il siffle son chien?

COLLODION. — Du tout, il appelle la femme de ses rêves.

LE TOURISTE. — Ah bah!

COCODÈS. — Mais oui, Monsieur, ma mercière d'en face ou ma cafetière du coin.

LE TOURISTE. — Tiens.

COCODÈS. — Sans doute, je leur ai donné rendez-vous ici pour les faire photographier, attendu que Maître Collodion est à la recherche du portrait de la plus jolie femme de l'univers.

LE TOURISTE. — En tous cas, je suis curieux de les voir

COCODÈS. — Oh! elles vont venir, elles ont entendu mon appel. (*Les deux cotcodettes entrent.*)

SCÈNE V

LES MÊMES, COTCODETTE 1re, COTCODETTE 2e.

COTCODETTE 1re. — Bonjour, mon chat (*elle l'embrasse*).

COCODÈS, *de même*. — Bonjour, ma poule.

COTCODETTE 2e, *de même*. — Bonsoir, mon chien.

COCODÈS, *de même*. — Bonsoir, ma biche.

LE TOURISTE, *à part*. — Son chat, sa poule, son chien, sa biche; en voilà une ménagerie.

COTCODETTE 1re. — Est-ce que nous sommes en retard?

COCODÈS. — Du tout!

COTCODETTE 2e — Ah bien, alors, Monsieur Collodion, faut nous faire poser tout de suite.

COLLODION. — A vos ordres, mais n'oubliez pas ce que je cherche depuis si longtemps.

3

COTCODETTE 1re ET 2e. — Ah! oui, une beauté
parfaite, nous la connaissons.

CchévelureLLODION.

CHANT — RONDEAU DE JUPITER ET LES POETES

Cette merveille
Qui, sans pareille
Doit posséder seule tous les attraits,
Que je déclare
Beaucoup trop rare,
Je vais ici vous esquisser ses traits.

A vous d'abord, ma charmante Angleterre,
J'emprunterai mes premières couleurs,
Le blanc de lys est celui qu'on préfère,
Et pour le teint, les roses sont vos sœurs.

A la Suède
Je dirai : cède
A mon portrait le plus riche trésor ;
C'est ta parure,
Ta chevelure
Qui la rendra, la belle aux cheveux d'or.

De vous, alors, Hollandaise opulente,
Mon sujet veut la bouche de corail
Qui s'ouvrira sans crainte qu'elle mente
Pour me montrer tant de perles d'émail.

Encore un charme
Et qui m'alarme,
Car il est rare et je le veux réel,
Je le copie
A l'Italie
Pour posséder le nez des Raphaël.

On dit enfin que le miroir de l'âme
Ce sont les yeux ; d'un éclat sans égal
Sous ta mantille, Andalouse leur flamme
Animera mon portrait idéal.

Mais sous silence
Reste la France,
Coquetterie est ton plus grand attrait,
Comme un beau rêve
Par toi s'achève,
De ma beauté, le séduisant portrait.

COTCODETTE 2e. — Tout ça n'empêche pas, je veux
avoir ma figure.

COLLODION. — Dans cinq minutes, Mesdames, le temps de jeter un coup d'œil à mes aides et je reviens. *(Il sort.)*

COTCODETTE 1re. — Dépêchez vous !

LE TOURISTE. — Vous tenez donc bien à avoir votre portrait?

COTCODETTE 2e. — Je crois bien que nous y tenons !

COTCODETTE 1re. — D'abord, nous sommes les deux plus jolies femmes de Grenoble.

COTCODETTE 2e. — Ah ! dam, dans le temps, on logeait dans une jacobine et on marchait à pied sur la cadette; mais à présent on a un appartement qui n'est pas un galetas, je vous prie de le croire, et une montée un peu chique, je ne vous dis que ça !

CHANT — AIR D'ALLEZ DONC TURLURETTE

Je suis la bonne fille
Au léger cotillon,
Qui babille et frétille
En sœur de Frétillon :
Parfois comme Lisette,
Si l'orgueil me changea
En devenant lorette,
Souvent mon cœur songea
　　Ah ! ah ! ah ! ah !
A ce gai refrain là.

REFRAIN.

Et allez donc, et allez donc?
Allez donc, Cotcodette,
Et allez donc, et allez donc ?
Cotcodette, allez donc.

COTCODÈS 1re.

J'ai du rouge au visage
Et du noir sous les yeux,
J'aime le maquillage
Et beaucoup de cheveux,
Car celui qui me guette
Dont je suis le dada,
Par malheur me repète
Souvent qu'il aime ça
Ah ! ah ! ah ! ah !
Et m'a toujours dit : va ! *(Refrain)*.

COCODÈS

La gaîté t'accompagne,
Je le dis sans détour,
Si tu bois le Champagne,
C'est pour fêter l'amour.
Lorette ou bien grisette,
Jeunesse passera ;
Plus tard à la coquette,
Personne ne dira
Ah ! ah ! ah ! ah !
On ne dira plus dà ? (*Refrain*).

COTCODETTE 1re. — C'est pas tout ça, payez-vous quelque chose en attendant nos portraits ?

LE TOURISTE. — Qu'est-ce que je pourrais vous offrir ?

COTCODETTE 2e. — A dîner d'abord.

COTCODETTE 1re. — Et le spectacle après.

COCODÈS. — C'est dit. Je vous laisse ensemble. Je m'en vais commander le dîner et louer une baignoire...

LE TOURISTE. — Mais, permettez...

COCODÈS, *le prenant à part*. — Oh ! faites ça pour moi, je vous en prie ; il y a assez longtemps que je les promène, à votre tour de les charonter un peu. Je me sauve...

COTCODETTE 1re. — Comment, il s'en va ?

COTCODETTE 2e. — Et notre dîner...

COTCODETTE 1re. — Et notre billet de spectacle...

SCÈNE VI

LES MÊMES, LE THÉATRE, LE CUISINIER.

LE THÉATRE ET LE CUISINIER, *entrant ensemble.*
— A vos ordres, Mesdames, parlez, faites-vous servir.

LE TOURISTE. — Pardon, vous êtes ?

LE THÉATRE. — Le Théâtre...

LE TOURISTE. — Et vous ?

LE CUISINIER. — La Cuisine...

LE TOURISTE. — En voilà un drôle de galimatias !

Le Théatre. — Nous nous accordons cependant parfaitement; car nous avons plus d'un point de ressemblance.

Le Cuisinier. — Sans doute, est-ce que mes mets n'ont pas besoin d'être épicés?...

Le Théatre. — Est ce que mes opérettes n'ont pas besoin de l'être?...

Le Cuisinier. — Est-ce que souvent la sauce ne fait pas passer le poisson?...

Le Théatre. — Est-ce que l'entourage ne fait pas passer une mauvaise pièce?...

Le Cuisinier. — Est ce que je ne mets pas de sel dans ma cuisine?...

Le Théatre. — Est ce que je n'en mets pas dans mes couplets?...

Le Touriste. — Et qu'est-ce que vous allez nous faire goûter?

Le Cuisinier. — Un plat célèbre, un plat du crû, un plat local, un plat grenoblois, un plat de gratin.

Le Touriste. — Alors, mon ami, gratinez, gratinez, nous vous écoutons avec gratitude; non, avec gratinage...

LE CUISINIER ET LE THÉATRE, *ensemble.*

CHANT — RONDEAU DES DEUX MAITRESSES

Pour un couplet de même qu'en cuisine,
Comme conseil, on peut prendre Vatel.
Qu'on chante l'un ou que de l'autre on dîne,
Dans tous les deux, il faut mettre du sel.

LE CUISINIER.

Pour qu'un gratin par son fumet vous touche,

LE THÉATRE.

Pour qu'un couplet plaise par son esprit,

LE CUISINIER.

Pour les goûter sans grimace à la bouche,

LE THÉATRE.

L'un pas trop cru

LE CUISINIER.

Que l'autre soit bien cuit.

LE THÉATRE.

Pour l'un et l'autre, une sauce bien gaie.

LE CUISINIER.

Car, le gratin a besoin de couleur.

LE THÉATRE.

Quant au couplet que la chute en soit vraie,
Que l'air en soit légèrement frondeur.

LE CUISINIER.

Dans cette sauce enfin qui l'accompagne,
Le lait, les œufs ne seront pas exclus.

LE THÉATRE.

Mais un couplet arrosé de Champagne,
Ma foi, n'est pas à dédaigner non plus.

LE CUISINIER.

Quand le gratin est dans la casserole,
Pointillez-le pour bien l'assaisonner.

LE THÉATRE.

Pour le couplet, pointe de gaudriole
Et petit mot pour rire et l'épicer.

LE CUISINIER.

Pour sa cuisson, beaucoup de déférence,
Ne le mettez que sur un petit feu.

LE THÉATRE.

Pour le couplet, la seule différence
Est qu'il en faut beaucoup dans votre jeu

LE CUISINIER.

Quant tout est prêt, achevé, présentable,

LE THÉATRE.

Votre couplet,

LE CUISINIER.

Ou bien votre gratin,
Vos invités peuvent se mettre à table.

LE THÉATRE.

Allons, auteur.

LE CUISINIER.

Cuisinier au festin.
Pour cuisiner, faut-il un maître habile?
Lisez, lisez, c'est Brillat-Savarin.

LE THÉATRE

Pour un couplet ou bien un vaudeville,
Lisez toujours et goûtez Siraudin.

LE CUISINIER ET LE THÉATRE.

Pour un couplet, *etc.*, *etc*

LE TOURISTE. — Rien que de vous avoir entendu
Messieurs, je gratine, je gratine...

LE CUISINIER. — J'en suis ravi.

LE TOURISTE. — Et vous, Théâtre, est-ce que vous êtes aussi un gratineur?

LE THÉATRE. — Quelquefois...

LE TOURISTE. — Qu'est-ce que vous allez nous offrir comme plat de résistance?

LE THÉATRE. — Ce que vous voudrez. Un drame, une comédie, un vaudeville, une opérette, voir même une pantomime.

LE TOURISTE. — Une pantomime, oh! mais vous remontez à la comédie italienne, à la comédie de l'ancien temps.

LE THÉATRE — Qu'est-ce que cela fait. Est-ce que la comédie de l'ancien temps et celle du nouveau ne se ressemblent pas, et que ce soit au théâtre ou à la ville, est-ce que nous ne copions pas les éternels types de la comédie italienne? Est-ce que nous ne rencontrons pas journellement ce masque de Pierrot, ce grotesque Polichinelle et ce sauteur d'Arlequin? Car si la figure de Pierrot est barbouillée de blanc, combien ont la conscience barbouillée de noir...; est-ce que Polichinelle ne nous rit pas toujours au nez du mal qu'il nous a fait? Quant à Arlequin, combien parés d'un habit de trente-six couleurs, sont plus agiles et sautent plus haut que lui... Est-ce que la tendre Colombine n'est pas toujours convoitée par ces trois drôles; n'est-ce pas toujours au plus malin à qui rossera l'autre? Allons donc, comédie d'autrefois, comédie d'aujourd'hui, c'est toujours la même qui se joue. Quant aux comédiens, Pierrots du passé, Arlequins du présent et Polichinelles de l'avenir, vous êtes et resterez les éternels types de la comédie humaine.

LE TOURISTE. — Si c'est ainsi que vous l'entendez, nous vous acceptons de grand cœur.

COTCODETTE 1re. — C'est très joli tout ça, mais notre dîner passe en conversation.

COTCODETTE 2e. — Si, en attendant, on prenait seulement un vermouth ou un bock, on patienterait.

SCÈNE VII

LES MÊMES, BRASSERIE DU RHIN, BRASSERIE
DU NORD , CAFÉ DU QUARTIER.

Les deux Brasseries , *entrant ensemble.* — Un
bock, voilà ! *(Ils offrent tous les trois leur consom-
mation.)*

Le Café du Quartier, *de même.*— Un vermouth,
voilà ! *(Bocks et vermouth sur un plateau.)*

Le Cuisinier. — Puisque vous êtes servis, je me
sauve, j'ai un gratin sur le feu. *(Il sort.)*

Le Théatre — Et moi, j'ai une pièce en répé-
tition. *(Il sort.)*

Le Touriste. — Au revoir. *(Après avoir bu)*
Excellent votre bock , Mademoiselle..., Mademoiselle...

Nord. — La Brasserie du Nord pour vous servir,
Monsieur.

Le Touriste. — Si vous êtes du Nord, votre bière
doit raffraîchir...

Nord. — C'est ce qui fait que j'ai mérité la faveur
de toute votre jeunesse.

Cotcodette 1re, *après avoir bu.* — Très-bon,
votre vermouth, Monsieur...

Le Café. — Le Café du Quartier, Madame.

Cotcodette 1re. — Je vous reconnais maintenant, j'ai vu beaucoup de monde chez vous.

Le Café. — Pensez donc , j'y reçois le génie,
l'artillerie, la cavalerie, l'infanterie, la bourgeoisie,
l'industrie, la ganterie...

Le Touriste. — Brie !...

Cotcodette 2e, *après avoir bu.* — Ah ! cette bière
est délicieuse, Mademoiselle..., Mademoiselle...

Rhin. — La Brasserie du Rhin , une réfugiée...

Le Touriste. — C'est vrai, on vous a chassée de
chez vous...

Rhin. — Hélas ! Monsieur, qui me rendra mon
pays, mon Alsace bien-aimée !...

CHANT — AIR DU JUIF POLONAIS

Un jour, j'ai vu les hordes sauvages,
   Tout comme au temps jadis,
Saccager, envahir mes villages,
   En tuant tous mes fils.
Ah ! ah ! ah ! ah ! ah ! ah !
   L'Alsace n'est plus là.

Ils ont, ivres de sang et de haine,
   Renversé notre Dieu,
Violé ma belle sœur Lorraine,
   Pillé, mis tout en feu,
Ah ! ah ! ah ! *etc., etc.*

Et vaincue, ils m'ont par la souffrance,
   Mise près du trépas,
Enlevée à ma mère, la France,
   Me volant dans ses bras,
Ah ! ah ! ah ! *etc., etc*

LE TOURISTE. — Allons du courage, ma chère demoiselle, l'avenir changera...

RHIN. — Puissiez-vous dire vrai...

Voix en dehors. — Garçon, un vermouth ! Eh ! la fille, un bock !

LES DEUX BRASSERIES ET LE CAFÉ. — Voici des consommateurs qui nous appellent.

Un photographe en dehors. — Mesdemoiselles, tout est prêt, si vous voulez poser...

COTCODETTES 1ʳᵉ ET 2ᵐᵉ. — Oh ! la pose ça nous connait.

TOUS *(chœur)*.

CHANT — CHŒUR DE LA FEMME AUX ŒUFS D'OR

C'est moi ! c'est moi ! c'est moi ?
Qu'on appelle là-bas.
C'est moi ! c'est moi ! c'est moi ?
Courons-y de ce pas !

(Sortie générale des deux Brasseries, du Café et des deux Cotcodettes).

SCÈNE VIII

LE TOURISTE, UN LECTEUR.

LE TOURISTE, *seul un instant.* — Elle m'a tout ému, cette pauvre petite Alsace.

LE LECTEUR, *entrant.* — (*Il entre en lisant, et change de livre à chaque réplique*).

LE TOURISTE. — Qu'est ce que c'est que ce Monsieur?... Monsieur !

UN LECTEUR — (*Il le salue et continue sa lecture*).

LE TOURISTE, *le saluant.* — Oh ! il n'est pas bavard.

UN LECTEUR — (*Il lui fait signe qu'il ne peut parler, et recommence sa lecture*).

LE TOURISTE. — Vous êtes muet?

UN LECTEUR. — (*Il lui fait signe que oui, puis continue de lire en changeant de livre*).

LE TOURISTE — J'y suis, c'est un lecteur. Et qu'est-ce que vous lisez là ?

UN LECTEUR. — (*Il lui montre son livre et continue sa lecture sur un autre livre*).

LE TOURISTE. — Oh ! oh ! c'est fort.

UN LECTEUR. — (*Il sort un autre livre et l'ouvre pour lire*).

LE TOURISTE — Voulez-vous bien cacher ça ; vous voulez donc nous faire..

UN LECTEUR. — (*Il change encore de livre et le lui montre en riant*).

LE TOURISTE. — A la bonne heure, il faut toujours mettre de l'eau dans son vin.

SCÈNE IX

LES MÊMES, LA FONTAINE.

LA FONTAINE GRENETTE, *entrant.* — De l'eau, voilà ! (*Elle arrose*).

LE TOURISTE. — Eh ! pas de bêtises, ça mouille.

LA FONTAINE — Mais je suis faite pour ça

LE TOURISTE. — Ah ! vraiment ?

LA FONTAINE. — Sans doute, ne suis-je pas la Fontaine Grenette, et n'ai je pas mes sœurs, les fontaines des Colles, Notre-Dame et du Lion ?

LE TOURISTE — Voulez-vous mon opinion ? Eh bien ! je n'aime pas beaucoup l'eau.

LA FONTAINE. — Pourquoi donc ça ?

CHANT — AIR DE LOTERIE

De l'eau claire,
De l'eau claire,
On vous en offre partout.
L'eau salutaire
Et première
Est toujours de votre goût.

Et habile diplomate,
Imitant la faculté
Que donne l'homéopathe,
Pour vous rendre la santé.
De l'eau claire, *etc.*

LE TOURISTE. — *(Parlé)* Tiens, le muet va parler.

UN LECTEUR. — *(Chante son couplet en ouvrant la bouche et en ne prononçant que les syllabes finales de chaque vers.*

. . . . cette,
. . . . miel,
. . . . lette,
. . . . ciel.

(Reprise)   De l'eau claire, *etc.*

LE TOURISTE

La nuit sous mainte croisée,
Il m'est arrivé parfois
De sentir douce rosée,
Et ce n'était pas, je crois
De l'eau claire, *etc.*

Et qu'est ce que vous venez faire ici ?

LA FONTAINE. — Je viens pour vous vendre de l'eau excellente que j'ai mise en bouteille.

LE TOURISTE. — Allez-y pour une bouteille... Combien ?

LA FONTAINE. — Cinq francs.

LE TOURISTE, *payant* — Voilà ! *(Il lui donne un billet de cinq francs)*

LA FONTAINE. — Un billet de cinq francs, oh ! mais, je n'en veux pas.

SCÈNE X

LES MÊMES, BILLET DE CINQ FRANCS.

Le Billet de cinq francs, *entrant*. — Insolente !
vous osez me refuser. et de quel droit ?

La Fontaine — Parce qu'on ne veut pas de vous,
parce que vous ne passez pas partout et que vous
êtes sans valeur.

Le Billet. — Sans valeur, mais vous êtes dans
l'erreur.

CHANT — AIR DE LA CORDE SENSIBLE

Allons, suivez bien mon système,
Je vais vous le dire en deux mots,
Sans recourir à feu Barème ,
Ne m'adressant pas à des sots,
Ma valeur est réelle et vraie,
C'est un principe incontesté,
Que si l'on perd sur ma monnaie,
On s'rattrap' sur la quantité.

LE LECTEUR

Il a raison, car au théâtre
J'ai vu plus d'un solliciteur,
Par sa demande opiniâtre,
Avoir un billet de faveur.
Le Directeur fait la grimace,
Mais n'en est pas moins enchanté.
Car si l'on perd sur cette place ,
On s'rattrap' sur la quantité.

LE TOURISTE.

A mon tour, je ne puis me taire,
Demandez à cet ouvrier
La pension alimentaire,
Bienfait de Frédéric Taulier.
Ici, je m'arrête, et je n'ose
De cette œuvre d'humanité,
Dire, qu'en perdant sur chaque chose,
On s'rattrap' sur la quantité.

Le Billet. — C'est égal, vous n'êtes pas aimable
avec moi.

Le Touriste. — Comment cela ? à moins que pour
vous parler nous ne mettions des gants, je ne...

SCÈNE XI

LES MÊMES, LE GANT.

Le Gant, *entrant*. — Des Gants, voilà !

Le Touriste. — Avec plaisir, Monsieur, vous êtes ?

Le Gant. — Un des produits les plus renommés de l'industrie grenobloise.

Le Touriste. — Cela se voit à votre élégance, cher Monsieur.

Un Lecteur. — Oh ! on voit bien que Monsieur n'est pas un pouaillon.

Le Touriste. — Et vous venez ici ?

Un Lecteur. — Pas pour baronter, croyez-le bien.

Le Gant. — Je viens vous offrir mes services

Un Lecteur. — Profitez-en alors, c'est que Monsieur n'a pas l'intention de faire voreppe.

Le Touriste. — Ah ! ça, qu'est-ce qu'il me baragouine, le muet, le mot pouaillon, baronter, faire voreppe ; encore faudrait-il que je choisisse.

Le Gant. — Oh ! j'en ai de toutes les grandeurs et de toutes les couleurs.

Le Touriste. — La couleur, ça m'est égal.

Le Gant — Pourquoi donc? est-ce que vous ne reconnaissez pas la véritable élégance à la chaussure et à la coiffure? Eh bien! il en est de même pour la main, à la couleur du gant vous pouvez juger l'individu.

CHANT — RONDEAU DE LA GARDE CITOYENNE

Un vieux proverbe, ah ! dis-moi qui tu hantes,
Et sans erreur, te dirai qui tu es,
Peut se changer, en qu'est-ce que tu gantes,
Je vais te dire alors ce que tu fais,

Joli gant blanc, à toi la préférence,
Je vois en toi, l'emblème du bonheur :
La chasteté, la pure conscience,
On ne te porte enfin qu'avec honneur.

Pauvre gant noir, ta couleur est exclue,

Le plus souvent, on te fait triste accueil,
Montrant à tous l'amitié perdue,
La nuit du cœur, les larmes et le deuil.

Et toi, gant vert, symbole d'espérance,
Au voyageur perdu tu deviens cher,
Car, le marin qui revient vers la France,
Voit ta couleur, au rivage, à la mer.

De toi, gant rouge, on garde la mémoire,
Le soldat t'aime, on te voit à Satan.
Mise en ruban, ta couleur est la gloire,
Mais à la main, hélas! couleur du sang.

Certains amis, de vous, ne sont pas chiches,
Gants jaunes d'or, chez tous toujours reçus,
Car le proverbe, on ne prête qu'aux riches,
Vous fait porter par les maris... Cossus.

Ami gant bleu, le poète en ses songes,
Ne te prendra qu'au printemps, qu'aux beaux jours,
Pour s'en aller au pays des mensonges,
Pays du bleu, d'ivresse et des amours.

Gant violet, tu marques la puissance,
Et ta couleur est portée en haut lieu,
Enfin, de toi, j'ai gardé souvenance,
En te voyant, aux ministres de Dieu.

Un vieux proverbe, *etc.*, *etc.*

Le Touriste. — Accepté; et si vous voulez me conduire chez vous ?

Le Gant. — Oh! c'est ici tout près, rue des Récollets, fabrique d'Eugène Bernard. (*Ils sortent tous excepté lui.*)

SCÈNE XII

LES MÊMES, LE PHOTOGRAPHE.

Le Photographe., *rentrant avec les autres photographes.* — Et les autres portraits, Monsieur ?

Le Touriste. — Apprêtez-les, je les verrai en revenant.

Le Photographe — Oh! ils sont ici.

Le Touriste. — Où donc ?

Le Photographe, *lui montrant le public.* — Là!

Le Touriste. — Hein ?

LE PHOTOGRAPHE. — Allez vite, et à votre retour nous vous montrerons ces quelques portraits sans retouche. *(Ils s'installent).*

LE TOURISTE, *s'avançant au public* — C'est entendu... Mesdames et Messieurs, on ne vous deman, de que deux minutes d'immobilité... C'est convenu n'est-ce pas? *(aux photographes qui braquent leurs appareils sur le public)* Vous pouvez opérer. Je cours acheter mes gants *(en sortant).* Eh! Monsieur Bernard! Monsieur Bernard!

LES PHOTOGRAPHES *(chœur.)*

CHANT — AIR DE LA RETRAITE

Ne bougez plus,
Surtout pas de refus,
C'est un abus
Par nous exclus,
Qui rendrait tout diffus ;
Mais au surplus,
Vous pourrez bouger plus,
Après, autant et plus,
Sans un refus,
Si ça vous a plus plu !

(Ils restent la tête sous la couverture jusqu'au changement à vue, et disparaissent en emportant chacun leur appareil, laissant la scène libre pour le 6ᵉ tableau.

SIXIÈME TABLEAU

PORTRAITS SANS RETOUCHE

Le théâtre représente un panthéon magique ; au fond, un
escalier où est un grand livre d'or où sont inscrits les
noms de quelques célébrités grenobloises ; deux muses
sont auprès de ce livre, une qui tient une plume et l'autre
une couronne. — Au lever du rideau quelques illustrations
sont en scène, la ville de Grenoble descend les marches.

SCÈNE Iʳᵉ

LA VILLE, MABLY, DOLOMIEU, MOUNIER,
Mᵐᵉ DE TENCIN, CONDILLAC.

LA VILLE DE GRENOBLE *(récit)*.
Si dans la nuit des temps, dans l'histoire passée,
Vous jetez un regard, je suis alors nommée ;
Au nombre des cités, figurant au Forum,
On m'appelle partout l'antique Cularum.

Plus tard, par les Lombards, je vis mes bois, mes
Ravagés, envahis ; l'ennemi, par centaines, [plaines
Massacrer mes enfants, quand un chef valeureux,
Mummol, en les chassant, devint victorieux.

Humbert alors parut, me donna notre charte,
Priviléges, abus, c'est lui que les écarte ;
Que l'on soit riche ou pauvre, on a les mêmes droits,
Et pour lui Dieu nous fit égaux devant les lois.

Mais, hélas ! mon pays tomba dans la détresse,
N'étant plus à la France et même à ma noblesse.
Catholiques fervents, protestants en émoi
Se combattent partout pour s'emparer de moi.

Sous un jour tout nouveau, bientôt je me relève,
Car Lesdiguières fait que ma ville s'élève ;
Mon commerce prospère est recherché, vanté,
Et l'on cite partout mon université.

Puis, plusieurs de mes fils, par leur intelligence,
Ont honoré, parfois, les arts et la science;
Car, autour de leurs noms, autour de mes enfants,
Surgissait avec eux le progrès triomphant.

Qu'ils parlent donc ici, ce livre au Capitole
Portera tous leurs noms, dans la même auréole.
A toi d'abord, ton nom?

MABLY.

Je m'appelle Mably.

LA VILLE.

Dis-moi par quel état ton passé fut rempli?

MABLY.

De Monsieur de Tencin, je fut le secrétaire.
Je devins publiciste et l'ami de Voltaire.

LA VILLE.

Et toi, vieillard, ton nom?

DOLOMIEU

Tancrède Dolomieu!

J'ai voulu pénétrer jusqu'aux secrets de Dieu,
En parcourant l'Egypte et le Nil et sa source;
L'âge seul m'atteignant interrompit ma course.

LA VILLE.

A toi?

MOUNIER.

Joseph Mounier, avocat libéral.

Un ardent défenseur du droit électoral.
Qui partout exista, dans l'hôtel, sous le chaume,
Par un serment sacré, celui du jeu de paume.

LA VILLE.

A vous, Madame?

LA MARQUISE.

Oh! moi, Marquise de Tencin.

J'ai réuni chez moi, magistrat, médecin,
L'artiste et le savant, la science et la musique,
L'utile et l'agréable; et puis, idée unique!
Mon salon où venait et la ville et la cour
Pour y prendre le ton à la mode du jour,
Je l'ai débaptisé sans que personne en rie,
En leur disant: voyez, c'est ma ménagerie.

Enfin, pour leur prouver, sans le moindre rescrit,
Que par le cœur on plaît autant que par l'esprit,
J'ai donné l'un et l'autre ; et, dernières conquêtes,
Esope de bon ton, j'ai fait parler les bêtes !

LA VILLE.

Qui donc de cet esprit sera le successeur?

CONDILLAC.

C'est moi, de Condillac!

LA VILLE.

Et tu fus?

CONDILLAC

Un penseur !

LA VILLE.

Et vers quels horizons?

CONDILLAC.

Pas si loin, ma pensée
Aux cinq sens seulement, s'est toute intéressée.

LA VILLE.

Aux cinq sens

CONDILLAC

Car, pour moi, rien ne fut plus parfait,
Et Dieu qui les donna, pour nous tous a tout fait ;
Par eux, je sens la fleur de sa tige effeuillée
Et j'entends les oiseaux chanter sous la feuillée ;
Je touche à quoi je veux, je goûte au fruit vermeil,
Et je dois être heureux, car je vois le soleil !

LA VILLE.

Qui viendra maintenant?

SCÈNE II

LES MÊMES, GENTIL-BERNARD.

GENTIL BERNARD, *entrant.*

Moi, si l'on veut, Madame?
Qui chanterai mes vers avec toute mon âme ?

LA VILLE

Qu'es-tu pour m'apparaître, à moi, dans ce séjour ?

GENTIL BERNARD.

Je suis Gentil-Bernard, le poète d'amour !

CHANT — AIR NOUVEAU DE M. E. CHANAT

Jupiter prête-moi ta foudre,
S'écria Lycoris un jour;
Donne que je réduise en poudre
Le temple où j'ai connu l'amour.
Alcide, que ne suis-je armée
De ta massue ou de tes traits,
Pour venger la terre alarmée
Et punir un dieu que je hais!
Médée, enseigne-moi l'usage
De tes plus noirs enchantements,
Formons pour lui quelque breuvage
Egal au poison des amants.

Ah! si dans ma fureur extrême,
Je tenais ce monstre odieux?
Le voici, lui dit l'Amour même,
Qui soudain parut à ses yeux,
Venge-toi, punis si tu l'oses...
Interdite à ce prompt retour,
Elle prit un bouquet de roses
Pour corriger le jeune amour.
On dit même que la bergère
Dans ses bras n'osait le presser
Et frappant d'une main légère
Craignait encor de le blesser

LA VILLE.

Que ta chanson poète, ici soit bienvenue;
Mais qui te répondra?

SCÈNE III

LES MÊMES, BARNAVE.

BARNAVE, *entrant.*

Moi!

LA VILLE.

Ta voix m'est connue.

Nouveau venu qu'es-tu?

BARNAVE.

Je suis républicain!

LA VILLE.

On t'appelle?

BARNAVE.

Barnave!

LA VILLE.

Ami, voici ma main.

RÉCIT : *Strophes.*

M'adressant tout d'abord à mes pareils, aux hommes,
J'ai demandé quel droit leur était contesté,
Et tous m'ont répondu que sur terre nous sommes
    Nés pour la Liberté.

Passant à l'animal qui cherche sa pâture,
J'ai demandé le frein à leur voracité,
Et tous m'ont bien fait voir que pour eux la nature
    Etait l'Egalité.

Mais, demandant plus haut, à Dieu que je révère,
Les principes sacrés de la divinité,
Le Christ a répondu : frère aimez votre frère,
    A tous, Fraternité.

LA VILLE.

Est-il chez vous, enfants, dans l'art ou l'industrie,
Encore un dernier nom dont je me glorifie?

SCÈNE IV

LES MÊMES, VAUCANSON.

VAUCANSON, *entrant.*

Vaucanson, ouvrier.

LA VILLE.

Vers le progrès social,
Quel fut donc ton seul but à toi?

VAUCANSON.

C'est le travail!

CHANT — AIR DE M. RENARD

Tout est travail, les champs et la verdure,
Les fleurs, les fruits, sur terre, dans les airs,
Et le bon Dieu qui créa la nature,
Est l'ouvrier de ce vaste univers;
Car le travail qui donne l'existence,
De l'ouvrier garde la dignité,

Par son salaire offre l'indépendance
Et donne droit d'agir en liberté.

Toi, jeune fille, et vous femmes aimées,
L'industriel sera béni par vous;
Car le travail vous a toutes parées,
Vous lui devez dentelles et bijoux,
Et toi, richard, dont le luxe étincelle,
Laquais, hôtel, tes chevaux, ton mylord,
Tout vient de là, et même par son zèle
Le travailleur emplit ton coffre-fort.

Gloire au travail alors puisqu'il nous donne :
Aux uns, l'aisance; aux autres, le bonheur ;
Par ses produits, toujours il sanctionne
Aux yeux de tous les droits du travailleur,
Et vous, enfin, vous les grands de la terre,
Bénissez-le, puisqu'il vous fait des dieux.
Par le travail, remplacez donc la guerre,
Vous trouverez tous les peuples joyeux. (*Rideau*)

SEPTIÈME TABLEAU

UNE HALTE A VAULNAVEYS

Le théâtre représente une auberge rustique à Vaulnaveys,
au fond entrée, etc., etc. — Au lever du rideau le touriste entre avec l'aubergiste.

SCÈNE Ire

TOURISTE, AUBERGISTE.

Le Touriste, *entrant*. — Ah ! ça, où me condui-
sez-vous ?

L'Aubergiste, *suivant*. -- Dans le premier hôtel
de Vaulnaveys, monsieur.

Le Touriste, *examinant*. — Si c'est ici le premier, comment doit être le dernier, alors.

L'Aubergiste — Pourtant, Monseigneur.

Le Touriste. — Quoi ? puisque vous dites que nous sommes à Vaulnaveys ? Avez-vous vu le pape ?

L'Aubergiste. — Oui, Monseigneur, et je crois même qu'il assistera à la grande revue que notre amiral doit passer.

Le Touriste. — Ah ! oui, la revue qu'on annonce toujours, et qui est toujours remise.

L'Aubergiste. — Qu'est ce qu'il faut servir à monsieur en attendant : Une tome, une coque !

Le Touriste. — Comment dites vous ça ?

L'Aubergiste — Une tome ? une coque !

Le Touriste. — Je connaissais un tome et un coq, au masculin, mais il paraît qu'à Vaulnaveys, on les met au féminin ?. . Vous avez raison cependant, qu'est-ce que je pourrais bien faire en attendant la revue !

L'Aubergiste. — Aller à Uriage,

Le Touriste, *cherchant dans son indicateur.* — Uriage ! Uriage !

L'Aubergiste, *d'un ton déclamatoire.* — Uriage, à douze kilomètres de Grenoble... population...

Le Touriste. — Oui, oui, je sais, j'ai lu ça dans mon petit livre... on y boit de l'eau, n'est-ce pas, ordonnée par des médecins !

L'Aubergiste. — Oui, monsieur !

Le Touriste. — Alors j'aime mieux me déranger pour autre part, je craindrais trop de dérangement en allant à Uriage.

SCÈNE II

LES MÊMES, SEYSSINET, PONTCHARRA, VIZILLE.

Seyssinet, Pontcharra, Vizille, *entrant.* — Alors, venez chez nous ?

Le Touriste. — Qui êtes-vous donc ?

Seyssinet. — Trois environs célèbres de Grenoble.

Le Touriste — Et on vous nomme ?

Pontcharra. — Seyssinet, Pontcharra et Vizille ?

SEYSSINET, PONTCHARRA, VIZILLE, *ensemble.*

CHANT — AIR DES REINES DE MABILLE

CHOEUR.

Environs du pays,
Oui, nous avons acquis
Notre droit de cité,
Et cet honneur, nous l'avons mérité.   •

SEYSSINET.

Moi Seyssinet, je n'ai que ma campagne,
Mais à coup sûr, un ravissant tableau.
Aussi, j'ai vu, mon désert, ma montagne.
Charmer et plaire à Jean-Jacques Rousseau. (*Chœur*).

PONTCHARRA.

A Pontcharra, là-haut sur cette roche,
Moi, j'ai vu naître, heureuse pour ma part,
Le chevalier sans peur et sans reproche,
Le roi des Preux, le noble et grand Bayard· (*Chœur*).

VIZILLE,

Et moi, Vizille, œuvre de Lesdiguières,
Dont je m'honore avec juste fierté,
J'ai vu plus tard, vos illustres grands-pères
Inaugurer l'arbre de liberté. (*Chœur*).

LE TOURISTE.

Pourquoi faut-il qu'il y ait une tâche
A votre histoire et de sombres regrets,
Mais vous devez achever votre tâche
Par ces deux noms, Mandrin et les Adrets. (*Chœur*).

LE TOURISTE. — Allons je tâcherai d'aller vous rendre visite.

VIZILLE. — Et pour vous recevoir dignement, nous vous offrirons les meilleurs produits du pays.

LE TOURISTE — Et lesquels?

SCÈNE III

LES MÊMES, VIN DE CLAIX.

VIN DE CLAIX, *entrant* — Du vin de Claix d'abord.

LE TOURISTE. — Chère dame, si le contenu à la qualité du contenant, avec plaisir.

Vin de Claix, *pressant une grappe dans une coupe.*

CHANT — AIR DE LA COUPE DE GALATHÉE

Le voici, car ma main le presse,
Je l'admire, ô nectar vermeil ;
Donne-moi donc ta douce ivresse ,
Vin de Claix, couleur de soleil :
Je veux, comme en un divin rêve,
Voir tout en rose, comme toi,
Et pour que mon désir s'achève,
Vous aussi, buvez avec moi

REFRAIN

Ah ! coule encore,
Car je t'adore ;
Rayon divin
De ce beau vin
Eclaire tout de ton aurore,
Le vin de Claix est un trésor divin.
Ce vin est un trésor divin.

Par toi, je vois chose inouïe,
Le respect de la vérité.
Je vois adorer la patrie,
Et par tout vivre en liberté ;
Je vois peu de femmes légères,
Je vois le riche généreux,
Et que tous les hommes sont frères,
Enfin, que le pauvre est heureux. (*Reprise*).

Le Touriste, *buvant ce qu'elle lui a offert.* —
Oh ! comme vous avez raison ; par vous, je vois, tout
en beau, tout en bleu, tout en bon, plus de dispu-
tes, plus de querelles, plus de guerres

SCÈNE IV
LES MÊMES. LA CHARTREUSE.

La Chartreuse, *entrant.* — *Pax tibi,* mon frère ?
Le Touriste. — Hein ? quel est ce jeune... ?

LA CHARTREUSE.
CHANT AIR D'ALLELUIA

Moi, la chartreuse, ou jaune ou verte,
Ne m'accueillez pas en paria,
Et comme tous, ah ! dites, certe
Alleluia !

Car la chartreuse exalte, enchante,
Le vin de Claix, le Ratafia
Ne méritent pas qu'on vous chante,
    Alleluia !
Sainte liqueur de ma bouteille,
Sauverait du poison Borgia,
Car le bon moine a dit sur elle,
    Alleluia !

LE TOURISTE — Mon frère, on aimerait à se faire Chartreux rien que pour vous goûter.

LA CHARTREUSE. — Ma liqueur est bienfaisante, mon frère, et l'on dit qu'un bienfait n'est jamais perdu.

LE RATAFIA, *en dehors.* — Gare donc que je passe.

LE TOURISTE. — Qui est-ce qui nous arrive là ?

SCÈNE V
LES MÊMES. LE RATAFIA

LE RATAFIA, *entrant* — Le Ratafia, monsieur, ai-je assez bonne mine ?

LE TOURISTE. — Vous pouvez avoir bonne mine, sans pour cela être bonne.

LE RATAFIA. — Ah! ne dites pas que ma liqueur est mauvaise, ou sinon !

CHANT — AIR DU SAVETIER ET DU FINANCIER

Ma liqueur est de couleur sombre,
Mais je suis si bonne que l'on doit m'aimer,
    Car, si je me cache dans l'ombre,
Mon maître a du moins fait tout pour vous charmer,
    Ne dit's pas que celui-là ?
    Ra ta, ra ta, ra ta, ra ta, ra ta, ra ta,
    Ne dit's pas que celui-là ?
    Ra ta, ra ta, ra ta, ra ta, ra ta fia. (*Reprise en chœur*).

LE TOURISTE. — Allons, soyez rassuré, on ne le dira pas.

SCÈNE VI
LES MÊMES, LA RÉCLAME CHINOISE.

LA RÉCLAME, *entrant.* — Moi, surtout, je ne le dirai pas.

LE TOURISTE — Qui êtes-vous donc ?

LA RÉCLAME. — La Réclame chinoise, pour vous servir.

LE TOURISTE. — Pourquoi chinoise ?

LA RÉCLAME — Parce que tout ce qui vient de loin, est toujours mieux accueilli.

LE TOURISTE — Oh ? nous n'avons pas besoin de vous ici, notre mérite personnel nous suffit.

LA RÉCLAME. — Vous êtes difficile, et pourtant vous vous servez de moi tous les jours.

LE TOURISTE — De vous ?

LA RÉCLAME. — Mais sans doute , vos étalages de boutique, réclame ; vos affiches de théâtre, réclame ; vos enseignes de magasin, réclame ; la quatrième page de vos journaux, réclame ; partout réclame et toujours réclame.

CHANT — RONDEAU DES RAMENEURS

Allons, voyageur qui passe,
Ecoute bien ce refrain,
Pour trouver tout à sa place,
Et ne pas chercher en vain.

Aimes-tu la bonne chère,
Descends à l'hôtel Monnet ;
Pour dame une couturière,
Demoiselle Dubouchet.

Prends Pineau pour photographe,
Ta musique chez Flachet,
Puis, Allier pour typographe,
Et tes livres chez Drevet

Chez Gruyer pour ta soierie,
Pour horloger prends Chavin,
Delahaye ta bijouterie,
Pour tes gants, va chez Jouvin.

Prends Steyner pour dentiste,
Et tes armes chez Perrin,
Lise sera ta modiste,
Tes nouveautés chez Eymin.

Chez Peyrin pour ta chaussure,
Prends Testout pour ton coiffeur,
Chez Boilon prends ta coiffure,
Et Dreyfus pour ton tailleur.

Chez Clerc ta confiserie,
Chez Clairfond tu dineras.
Pour bonne pâtisserie,
Chez Daydé mangeras.

Prends Favier pour violoniste,
Et pour te désennuyer,
Buisson sera ton pianiste,
Prends ton café chez Cartier.

Allons voyageur, *tc.*, *etc.*

LE TOURISTE — Pardon, je réclame...

LA RÉCLAME. — Comment, vous osez réclamer ?

LE TOURISTE. — Mais oui, j'ose réclamer .. que vous me conduisiez faire mes emplettes chez tous les réclamés nommés.

LA RÉCLAME. — Très-volontiers, partons!

TOUS. — Partons !

EAU D'URIAGE, *entrant*. — Un instant; vous ne partirez pas sans avoir goûté mon eau.

TOUS. — De l'eau, oh! non?

EAU D'URIAGE. — Vous en faites fi, vous en buvez pourtant assez sous tous les noms et sous toutes les couleurs

LE TOURISTE. — Oh ! je ne crois pas que, pour mon compte, je sois si canard que cela.

EAU D'URIAGE — Vous! croyez ça, mon cher; et buvez de l'eau !

CHANT — AIR DU JOUEUR DE FLUTE

A ces fameux capitalistes,
Qui se disent de gros banquiers,
Peut-être bien un peu banquistes,
Et font de vous des créanciers,
Qui vous feront des promesses
D'intérêts, de richesses,
En vous redisant encor,
La mer est un trésor,
　　　Or!

REFRAIN

A cette petite histoire,
Illustre balançoire,
Répondez au pigeonneau,

Croyez ça, buvez d' l'eau,
Oui, de l'eau!
Ah! ah! ah! ah! (*Rires, puis bis en chœur*).

Celui qui parti pour la guerre,
Est revenu dix ans après,
Disant partout que sa bergère
L'aimait encor plus que jamais;
Qui vous dit que cette belle ,
Etait toujours fidèle,
Sans le plus petit holà !
Pendant tout ce temps-là !
Là !

A cette petite, etc., etc.

Ce vieillard à si triste mine ,
Usé, fini, perclus, goutteux,
Qui demande à la médecine ,
Ses secrets les plus merveilleux;
Qui vous dit que cette drogue
Fait l'effet analogue,
Fait par l'huile de ricin,
Ou d'un phitre divin,
Hein !

A cette petite, etc., etc.

LE TOURISTE. — Ce que vous me dites-là , me donne envie d'en boire.

TOUS LES MALADES , *entrant*. — Nous en voulons tous ?

EAU D'URIAGE. — Vous allez être satisfaits... A moi, ma fontaine ; à moi, mon eau d'Uriage. (*Le décor change et découvre le huitième tableau représentant la fontaine d'Uriage*). — (*Changement de vue*).

HUITIÈME TABLEAU

LES EAUX D'URIAGE

Le théâtre représente la fontaine des Eaux d'Uriage, au fond une femme couchée tient une urne et verse de l'eau dans un grand bassin. — Au changement, tout le monde se porte à la fontaine pour boire de l'eau.

SCÈNE UNIQUE

TOUS.

EAU D'URIAGE. — Allons, bossus, boiteux, borgnes, manchots, c'est ici mon eau d'Uriage ; c'est ici la panacée universelle.

TOUS, *buvant.* — Buvons !

EAU D'URIAGE. — Et en avant pour le couplet final !

TOUS, *redescendant.* — En avant !

L'AMIRAL, *entrant vivement.* — Un instant ! un instant (*avec son porte-voix, de même qu'aux autres actes*)!... Habitants et habitantes des deux sexes de Grenoble et de la Tronche, c'est ..

TOUS. — Oh! assez, nous la connaissons.

L'AMIRAL. — Maintenant, oui , puisqu'elle est jouée...

TOUS. — Quoi donc ?

L'AMIRAL. — Eh bien! la Revue annoncée , la Revue de Grenoble à la Tronche!...

TOUS. — Ah! bah!

L'AMIRAL. — Ça n'a jamais été que de celle-là dont je vous parlais... Qu'on se le dise!...

EAU D'URIAGE. — Et en route pour la Tronche !

TOUS. — En route !

CHANT — AIR DU SULTAN MUSTAPHA

LA RÉCLAME.

Il est un pays prodigieux,
Où l'on ne voit que des merveilles.

TOUS, *bis en chœur.*

Il est un pays, etc., etc.

LA RÉCLAME.

Tout le monde s'y trouve heureux,
Dans cette ville sans pareilles.

TOUS, *parlé.*

Où ça ?

LA RÉCLAME.

C'est à La Tronche assurément,
Que vous trouverez, ça, vraiment.

TOUS, *bis en chœur.*

C'est à La Tronche, etc., etc.

PONTCHARRA.

Tous les journaux, pleins de science,
N'ont qu'un seul but, c'est le progrès,
La vérité, la conscience,
Dictent toujours tous leurs arrêts, *etc.*

COCODÈS.

Les maris n'aiment que leurs femmes,
Le marchand chérit son voisin,
Et jamais on n'entend les dames,
Médire entre elles du prochain, *etc.*

VIZILLE.

Les bourgeoises dans leur constance,
Ne reçoivent jamais d'amants,
Les marchands pour reconnaissance,
Font des rentes à leurs clients, *etc.*

L'AMIRAL.

Et si l'on vous amusa tous,
En vous jouant cette revue,
En revenant tous, prouvez-nous
Que vous serez gens de revue, *etc.*

LE RATAFIA.

Désirant se rendre célèbres,
En corrigeant bien des abus,
Des femmes, malgré les ténèbres,
Font beaucoup de maris connus, *etc.*

LE GRATIN.

Par la vapeur, force suprême,
Les trains n'ont jamais de retard,
Les voyageurs arrivent même,
Souvent la veille... du départ, *etc.*

LA CHARTREUSE.

Les modistes n'sont pas coquettes,
Point d'orgueil chez le parvenu,
Bien plus on y voit les grisettes,
Obtenir des prix de vertu , *etc.*

PÈRE ÉTERNEL.

Lous muscadins ont tous de bourses,
Leurs tailleurs soarnt bien païa,
Per arer d'argint, plus de courses,
Lous jugeos n'ont plus qu'à flanâ.

TOUS, *parlé.*

Où ça?

PÈRE ÉTENEL.

Est à la tronchi, mous éfants,
Qu'vo trovarez qu' l'ous merlos blancs.

EAU D'URIAGE.

Quand au couplet que je chantais,
Il était, je crois, un peu leste,
En le chantant, moi, je craindrais,
Ma foi, de remporter ma veste, *etc.*

LE TOURISTE.

Il est encore un bon couplet,
Que l'on dit dans chaque revue,
C'est celui qui n'a pas de rimes,
Pourtant, il est toujours très-drôle, *etc.*

VIN DE CLAIX.

Ici tout près est notre auteur,
N'allez pas blâmer sa folie,

TOUS, *bis en chœur*.

Ici, tout près, *etc.*, *etc.*

V N DE CLAIX.

Il compte sur votre faveur,
Pour entrer à l'académie.

TOUS, *parlé*.

Où ça ?

VIN DE CLAIX.

C'est à La Tronche, assurément,
Que vous le trouverez, maintenant.

TOUS, *bis en chœur*.

C'est à La Tronche, *etc.*, *etc*

RIDEAU.

FIN

www.ingramcontent.com/pod-product-compliance
Lightning Source LLC
Chambersburg PA
CBHW060756180626
46818CB00002B/590